花魁道中　天下御免

李丘那岐

幻冬舎ルチル文庫

CONTENTS ✦目次✦

花魁道中 天下御免

✦カバーデザイン＝久保宏夏（omochi design）
✦ブックデザイン＝まるか工房

イラスト・角田　緑✦

花魁道中　天下御免

序

幼き日の記憶は、赤々と燃えさかる炎で埋め尽くされている。彩るのは白煙と黒煙。そして、美しき母の苦しげで悲しげな顔。

「早くお逃げなさい。早く！」

「嫌でございます、母上！　ご一緒に……」

「なりません。あなたならここを抜けていくことができます。生きなさい。あなたが私の命。あなたが生きるなら母も生きるのです。生きて……どうか生きて！」

強く背中を押され、狭く熱い火の輪をくぐり抜けた。

振り返ることはできなかった。できなかったはずなのに——。

夢に見る。振り向いて立ち尽くす自分。燃える、母。

心の中から炎が消えることはない。しかしそれは年月を経るごとに冷え、今では触れれば凍るほど冷たい炎となった。時にそれが炎であることも忘れてしまいそうになる。

忘れられるなら、忘れてしまえばいい。しかし、忘れられない。忘れてはならない。

あの日、母を……そして我が身を焼いた炎の熱さを決して忘れはしない。

其の一

今は昔。いずれの国か、いつの時代か。年号など庶民の知るところではなかった頃。荒野に城が建ち、それを囲んで急速に発展した都市は異様な活気に満ちていた。文化は独特にして華やか。人々はせっかちだが鷹揚《おうよう》。新しいものや珍しいものに寛容で、西洋では忌《い》み嫌われる風習も当然のように受け入れられていた。

そのひとつに男色《なんしょく》というものがある。しかしこれはこの国において特に新しいものでも珍しいものでもない。武士のたしなみとして推奨されていたことさえあった。

とはいえこの風習、呉服問屋《ごふくどんや》「日原屋《ひはらや》」の次男坊、次郎《じろう》にとっては迷惑千万この上なきものであった。

日原屋はなかなかの大店《おおだな》で、跡継ぎではない次郎は、なにを期待されるでも、責を負うでもなく、自由に伸び伸びと育った。

ただひとつ不自由があるとするならば、人並み外れたその容姿に他ならない。

女子《おなご》ならよかったのに……とは、赤子の頃から子守歌よりも聞きなれた言葉だった。

どんなに日に焼いてもすぐに再生する真珠のように白い肌《はだ》。眦《まなじり》の切れ上がった澄んだ瞳、長いまつげ。眉《まゆ》は細筆で撫《な》でたがごとく、頬《ほお》は食べ頃の桃のよう。ふっくらした唇《くちびる》はわざわざ紅を引く必要もない色艶《いろつや》であった。

幼き頃より美童として有名だったが、十六歳の現在では匂い立つような美青年となり、怪しき輩《やから》を引き寄せている。もちろん好んで引き寄せているわけではない。

「女子が少ないからといって、なぜ俺がその代わりをせねばならぬのか……」

できればそんな輩どもはすべて斬《き》り捨ててしまいたい、と思っている。

次郎は童《わらわ》の頃より通っている剣術道場の前庭で、大きな岩の上に座し、幼馴染《おさななじ》みの倉重《くらしげ》孝蔵《こうぞう》に愚痴《ぐち》を零《こぼ》した。

「女子の代わりでは……ないと思うのだが」

孝蔵は次郎より一回りも大きい身体《からだ》をして、小さい声でボソッと言った。

「では、なんだというのだ?」

「それはその……次郎が女子よりも魅力的だから……」

「そんなのは顔だけだろう。女子は顔より気立ての良さが大事だ。顔だけ女子に勝っておってもなんの意味もない。それに誘われてくるような男は芥《あくた》だ。くだらん」

次郎は吐き捨てるように言い放つと、門の外を鋭く睨《にら》みつけた。正確には門の陰に隠れてこちらを覗《のぞ》き見ている男を。

隣に座っていた孝蔵は顔を引きつらせる。自分も芥であるなどとは、言えるはずもなかった。言ったが最後、その場で縁を切られるだろうことは長い付き合いで承知している。自分だけはもしかしたら特別かも……などと夢見ても、一《いち》か八《ばち》かを試してみる勇気はなかった。

「おい、そこの輩！　俺とねんごろになりたければ、正々堂々勝負して俺を打ち負かしてみよ！　できぬのなら即刻消え失せろ！」

次郎は木刀を手に立ち上がり、男に向かって一喝《いっかつ》した。逃げるかと思った男は前に進み出てきて、次郎は不快に眉を顰《ひそ》める。

「で、では手合わせ願おう。私が勝ったら、まことに私と……」

舌なめずりせんばかりの男は、羽織袴《はおりはかま》に二刀差し。年の頃は二十代半ば。身の丈は次郎より五寸ほども高いが、着物の中で泳いでいるような身体は鍛えているとも思えない。しかし、つきまといも道場内までは及ばず、男は完全に次郎を侮っていた。

「いいだろう。その代わり、負けたら二度と俺の前に姿を見せるな」

請け負った次郎に、隣の孝蔵が慌てる。

「おい、次郎。よく知りもしない相手にそんな……」

「あの立ち姿を見よ。武士とは名ばかり、剣術をかじった程度で修めたような気分になっているうつけ者だ。俺はあの男をしばらく観察していたが、自らの煩悩《ぼんのう》を収める術《すべ》も持たぬ、ただの腑抜《ふぬ》けよ。敵《かな》わぬかもしれぬ相手ならこんなことは言わん」

「観察……していたのか。さすが、抜け目ないな」

「俺は商人の子だからな。損得勘定は得意なんだよ」

立ち姿だけでも剣の腕は知れるもの。時に実力を隠している者もいるが、この男にそんな能はない。

次郎は齢《よわい》十六でいまだ前髪立ち。きゅっと締まった細腰《ほそごし》は華奢《きゃしゃ》にも見え、侮られることはもはや日常。男もまた自分が打ち負かされるなどとは夢にも思っておらぬ顔だった。己を知らぬ子供に思い知らせてやろうという風なのを見て、孝蔵もうなにも言わなかった。

結果、男はあえなく散った。勝負はあまりにあっけなく、男は負けたことが信じられぬようで、調子が出なかったのだ、などと言い訳して再戦を申し出た。

「言い訳は見苦しい。戦場でもう一度などあるものか。もしまだ俺につきまとうなら、商人の子に負けた武士だと触れて回るぞ！」

次郎に一喝され、男は悔しそうに去っていった。

「次郎、いくらおまえでも闇討《やみう》ちされたら太刀打《たちう》ちできまい。恨《うら》みを買うようなやり方はやめた方がいい」

孝蔵は心配して言う。

「恨みなど今さらだ。この道場でも俺に勝てずに恨みに思っている者がたくさんいる」

同じ年頃で同等に戦えるのは、幼馴染みの孝蔵だけだった。道場に通っているのはほとんどが武士の子で、商人の子である次郎に負けるのは屈辱的なこと。それが嫌で道場を去る者もいるほどだった。

門弟が減って困るはずの道場主は、腰抜けなどいらぬ、と剛毅《ごうき》で、次郎を可愛《かわい》がった。旗本《はたもと》の跡取りである孝蔵は、次郎とはかなりの身分差があったが、次郎が「商人の子のくせに」といじめられると、必ず援護に現れた。

男には好かれるか嫌われるか両極端だった。

次郎自身は商人の子であることを恥じてはいなかったが、剣術で身を立てたいという願いがあり、武士に憧《あこが》れていた。身分はいかんともし難《がた》いが、強くなりたいという気持ちのまま、日々稽古《けいこ》に励んでいる。

剣術を始めた元々の理由は己の身を護《まも》るため。しかし護るよりも挑む気持ちが強くなり、目下の夢は免許皆伝。誰よりも強くなりたい。

だがそれも商人の子には分不相応な夢だった。

武士でさえ武を磨く必要はないといわれる太平の世で、商人の子である次郎が剣術狂いでいられたのは、道場に月謝をきちんと収められる財力があったから。

生まれた時から繁盛《はんじょう》している大店の子だった次郎は、それがずっと続くのだと当然のように思っていた。栄枯盛衰《えいこせいすい》なんて自分とは関係のない言葉のはずだった。

呉服問屋を一代で大きくした祖父が身罷《みまか》ると同時に、世間では商《あきな》いの方法に大きな変革があり、昔からの商法を大事にした日原屋は急速に傾いていった。

財政困窮となれば真っ先に削られるのは、次男坊の道楽に費やされる金。

父親に道場をやめるよう言われ、最初は抗った。土下座してお願いもした。だが、日に日に事態は悪化していき、わがままも言えなくなった。

子供の頃から数字に強く、番頭に帳簿《ちょうぼ》付けを習っていた次郎は、使用人が減って手が足りなくなるとそれを引き受け、深刻さが目に見えてわかってしまったのだ。

だけど、悔しくて悲しくてならなかった。

剣術だけが次郎の心のよりどころだった。兄は跡取りとして厳しく躾《しつ》けられ、姉もいいところに嫁げるようにと家事や礼儀作法を叩《たた》き込まれていたが、跡取りの予備でしかない次男はいつも放置されていた。周囲には「末っ子は甘やかされて……」と言われたが、実際は叱《しか》るほどの関心も暇もないというだけ。どうでもいいのだ。期待されず、責も負わず、家のことを手伝っても「お、将来は番頭か？」などと子供扱いされるだけだった。

そんな身分だからこそ剣術などさせてもらえたのだが、それを奪われると自分にはなにもない。

「孝蔵、手合わせしてくれ」

孝蔵ならば稽古代はいらないと、暇があれば旗本屋敷に押しかけた。もちろん無礼なことであるが、子供の頃からそうなので孝蔵の家の者も次郎の顔を見れば門を開けてくれる。

「いいよ。こっちにおいで」

旗本屋敷は広い。打ち合う場所はたくさんあった。孝蔵の父が不在の折には馬を勝手に拝借し、庭を駆け回っては叱られていた。次郎は動物には好かれる質《たち》で、乗馬も得意だった。

町人の子も仕官できるのであれば、確実にそれを目指していただろう。

孝蔵とひとしきり木刀で打ち合い、次郎は縁側でごろんと横になった。軒《のき》の向こうに気持ちのいい青空が広がっている。

「俺んち、もう駄目かもしれない……」

「え？　駄目って……」

「来るのは客じゃなくて借金取りばかり。みんな余裕がなくて、俺の元服《げんぷく》なんて元々忘れられてたけど……俺、いつまでこの頭なんだよ」

前髪を残したまま、中剃《なかぞ》りをして、後ろ髪と共に髷《まげ》を結う。十六歳でこの髪型は、男を誘っているんだろうと言われても仕方ない。顔が顔だけにそう誤解する人間は多かった。

「似合ってるからいいと思うけど……」

「はあ⁉」

「いや、その、大変だな。なにもしてやれないのがすごく悔しいよ」

「なにかしてほしいなんて思ってないよ。手合わせしてくれるだけでありがたい。愚痴もおまえにしか零せないし」

横に座る孝蔵の顔を見上げた。男らしい角張った顔は端整とは言い難いが、味のあるいい顔だと次郎は思っていた。できればこういう顔に生まれたかった。そう思いながら見つめていると、孝蔵の真っ黒な瞳が立ち合いの時のように光った。

「次郎……」

急に孝蔵がのしかかってきて、抱きしめられる。

「は？　な、気持ち悪いことすんな。離せ」

男に襲いかかられた経験は誰よりも豊富な次郎だったけど、親友にのしかかられるとは思っていなかった。脇《わき》が甘いのは剣術だけのことではない。

必死になってもがくが、体格的に易々《やすやす》と包み込まれて腕の中でもぞもぞしてるだけだった。

「離せって言ってるだろ！　縁切るぞ！」

言った途端《とたん》に孝蔵は離れた。

「ご、ごめん」

大きな身体を小さくして謝る。

「俺は帰る！」

憤慨《ふんがい》して歩き出した次郎の背中に、

「ま、また来いよ！　もうしないから」

切羽《せっぱ》詰まった声がかかったが、返事はしなかった。

たったひとつの気持ちのよりどころに裏切られた気分だった。次郎は孝蔵の想いになどまったく気づいておらず、今抱擁《ほうよう》されたのでさえも同情されたのだと思っていた。

「男に慰《なぐさ》めてなんかほしくないんだよっ」

だからといって、女に慰められたら真っ赤になって逃げ出すに違いなかった。女にはまったく免疫《めんえき》がない。

次郎は口にも態度にも出さなかったが、孝蔵を羨《うらや》ましく思っていた。旗本の跡取りで、剣士としての資質にも恵まれ、間違っても男に襲われることなどない体格と風貌《ふうぼう》を持ち合わせ、いつも穏やかで優しい。きっといい嫁が来るだろう。

倉重家はこの先も安泰だ。

一方、日原屋は風前《ふうぜん》の灯火《ともしび》だった。

日に日に使用人は減り、父と兄の顔色は悪くなり、母と姉は目を赤くしている日が増えた。

残念ながら父には商才がない。真面目《まじめ》であるということは、商売において時に弊害《へいがい》となる。新しく台頭し始めた商法を邪道であると軽視し、時代の流れにすっかり乗り遅れてしまった。父に従うことを叩き込まれていた兄は口出しできず、次郎が気づいた時にはすべてにおいて遅きに失していた。

このままでは遠からず一家で路頭に迷うことになるだろう。

それを一番わかっていたのは、女たちだった。

「母上、私なら花街《はなまち》に身を売れば、いくらかのお金になるのではと……」

「な、なにを言うの！　そんなことはさせません」

「でも、このままでは八方塞《はっぽうふさ》がりです。立て直すにも資金は必要でしょう。もう貸してくれるところもない」

「それはそうだけど……でも、駄目よ。そんなことをするくらいなら、みんなで路頭に迷った方がいい」

母と姉がそんな話をしているのを次郎は聞いてしまった。

身売りなんて思いつきもしなかった。なるほどそういう方法もあるのかと思ったが、母の言うように、姉を売るくらいならみんなで路頭に迷った方がましだとも思った。

なんとかしよう、なんとかしようとみな必死で、もちろんその気持ちが一番強かったのは家長たる父だ。人は切羽詰まると、普段はしない過ちを犯してしまう。

「日原屋佐兵衛《さへえ》、御禁制《ごきんせい》の南蛮《なんばん》品を横流しした疑いにより引っ立てる」

ある日、店に雪崩《なだ》れ込んできた役人はそう言うと、父を連行していった。

どうやら親切顔の同業者に騙《だま》されたらしい。はめられたのだと訴えたところで、御禁制品を売ったことは明白だった。流罪《るざい》と決まるのにそう時間はかからず、罪人の出た店など見向きもされなくなった。

母は気鬱《きうつ》になって床《とこ》につき、兄は放心状態で空回り。

いよいよ、路頭に迷う日がやってきたのだと次郎は思った。同じ商売で立て直すのはきっともう難しいだろう。

次郎は密《ひそ》かに考えていることがあった。それを兄に告げようと部屋に向かうと、中から声が聞こえてきた。

「もう他にお金を工面する手立てはないのでしょう？　私が身売りします。兄さんはそのお金でお店を立て直してください。母上の面倒もよろしくお願いいたします」

こっそり覗き込めば、姉は決意の顔をしていた。姉のおりょうは十八歳。身売りするには少々薹《とう》が立っている。次郎と似ているのは肌の白さ——のみだ。

「おりょう、しかしおまえは清兵衛《せいべえ》と……」

兄は狼狽《ろうばい》して言った。

「いいの。罪人の娘など嫁にもらってもあの人にいいことはないわ。清さんのためにもこの方がいいのよ……」

おりょうが大工の清兵衛といい仲であることはみんな知っていた。気のいい清兵衛は罪人の子でも気にしないと言うかもしれない。しかしそれも姉には心苦しいのだろう。

「しかし……しかし……」

兄は最後まで承知しなかったが、代替案が提示されることもなかった。

女衒《ぜげん》の男がやって来たのは、その翌々日のことだった。決意が鈍らないうちに……と姉自身が知り合いに頼んだらしい。

「そうさなあ……」

女衒はおりょうを上から下までじろじろ見て値踏みする。

「歳はいくつだ？」

「十七です」

一歳さばを読んだにもかかわらず、女衒は険しい顔をした。

「育ちすぎだよなあ。最近は景気が悪くて、遊客《ゆうかく》は減ってるのに、身売りは増えて、余っちまってるんだよねえ、女の子が。でもまあ、肌は白いし、化粧すりゃ化けるかもしれないから、これくらいでどうだい？」

そろばんを弾く音。姉に相場はわからないようで、首を傾《かし》げ、隣にいた兄に意見を求めた。

兄は、「娘の値段にそれはあんまり安くないだろうか」と文句を言う。

「そう言われてもねえ……」

女衒は明らかに足元を見ているようだった。

部屋の外にいた次郎はつかつかと進み出て、そろばんの金額を覗き込んだ。

「これ、次郎。おまえは下がっていなさい」

兄は慌てて制したが、金額を見た次郎は眉を顰めた。

「これはいくらなんでもあんまりだよ、兄さん。いくら女余りだからって。ねえおじさん、俺ならどう？　おじさんのところ、男は扱ってないのかい？」

次郎は女衒の前に身を乗り出し、顔を近づけた。にこっと笑ってみせれば、女衒は「お？」という顔になる。

自分の顔が男に受けがいいことは知っている。それをずっと迷惑に思っていたが、使える日が来たようだ。男が喜ぶ表情も、不本意ながらわかってしまう。

「な、なにを言ってるんだ、次郎！　おまえはなにを……」

「そうよ、次郎。おまえは兄さんを助けて……」

「それなら姉さんがいた方がいい。俺に母さんの面倒なんて見られないよ。姉さんは、俺の方が器量がいいと言われるのが、ずっと嫌でしょうがなかったのだろう？　今こそ俺の出番だ。俺ならこの倍で売れる」

堂々と言い切れば、姉は複雑な表情を浮かべた。

比べられて姉が嫌な思いをしていることは次郎だって承知していた。しかし、自分の顔をどうすることもできず、できるだけ粗野に振る舞って気立ての悪さを誇示するのが、次郎にできるせめてものことだった。末っ子の甘ったれだから、元来悪たれでもあったのだけれど。

「その金で兄さんは違う商売を始めたらいい」

「ち、違う商売？」

「呉服問屋はもう無理だよ。母さんの饅頭《まんじゅう》は美味《おい》しいと評判だから、饅頭屋を始めるとか……お祖父《じい》様みたいに一からなにか始めた方がいい。兄さんならきっとできるよ」

「次郎……」

「ねえ、女衒のおじさん。どう？　この倍額、いけるでしょ？　駄目だっていうなら俺、他のところに売りに行っちゃうけど」

「おいおい。女衒相手に駆け引きする気か？　まあ、言葉遣いや態度はなっちゃいねえが、それは仕込めばいい話だ。逃すにゃ惜しい顔形ではあるな」

「でしょう？　俺、花魁《おいらん》とか似合うと思う。絶対太夫《たゆう》になれるよ」

高級遊女《ゆうじょ》を花魁といい、その中でも最上級の売れっ子を太夫と呼ぶ。次郎にある遊廓《ゆうかく》の知識はその程度だった。男にもそれが当てはまるのかは知らない。

「太夫になるにゃ顔だけじゃ無理だ。甘ったれた考えじゃ生きていけない厳しい世界だが、それでも行くか？」

「うん。俺、根性には自信がある」

次郎は真っ直ぐに女衒の目を見て言った。女衒はニヤッと笑う。

「まあいい。口で言ってもな。経験しねえとわかんねえことだ。倍額出してやろう。それでいいか？」

「いいよね、兄さん」

「え？　あ、ああ……いや、でも」

兄はことの成り行きについて行けていなかった。商人としては少々不安なところだが、頭は悪くないし情に厚く、人を使うのはうまい。後はなんとかしてくれると信じるしかない。

「じゃ、そういうことで」

こうして次郎は自らを遊廓へと売り込み、買われることと相成《あいな》った。

兄も姉も、本当にそれでいいのか、母が泣くから考え直せ、金は俺がなんとかする、などと引き留めたが、これが一番収まりのいい方法だということはわかっていたはずだ。結局最後は、必ず買い戻しに行く、と言って兄は手を離した。

『人生というのは、良きこともあれば悪しきこともある。ずっと良いということはないし、ずっと悪いということもない。だからとにかく生きなさい。人は誰も明日を知らぬ。知らぬから希望はなくならない』

子供の頃に通っていた寺子屋《てらこや》の先生に言われたことを思い出した。

かまってもらえない、期待してもらえないことを不満に思っていたけれど、そんなのは贅《ぜい》沢《たく》な悩みだった。今まで幸せだった分、これからは不幸満載なのかもしれない。行くところを考えれば、いいことがあるなんて少しも期待はできなかった。

それでも、できることがあるのに恐れをなして逃げるなどしたくない。心は武人でありたかった。たとえ行く先が、武の志とは正反対のところであっても。

買われるのではない。自ら売ったのだ。だから買い戻してもらうことなど期待しない。自分で稼いで借金を返済し、自力で外に出る。

次郎はそれが甘えた考えだなどとは露程《つゆほど》も思わず、自分にはできると信じて疑わなかった。女衒と共に表に出ると、どういう頃合いなのか孝蔵が立っていた。

「よお」

次郎は明るく声を掛けたが、できれば会わずに行きたかった。

「最近うちにも来ないから、その……大丈夫か？」

父が流罪になったことを知って、心配して来てくれたのだろう。

「大丈夫だ。でも、おまえとはもう会えない。達者《たっしゃ》でな」

遊廓から出てきても、その頃には孝蔵は立派な武士になっているはず。会わない方がいい。

「は？　どこへ行くんだ？」

腕を摑《つか》まれたが、首を横に振ってその手を外した。

「俺の分も精進《しょうじん》して、出世しろよ」

行き先など言いたくなかった。孝蔵のことを羨ましいなんて思いたくない。自分の行く先と、孝蔵の未来。あまりにも違いすぎて今ばかりは目を背《そむ》けたかった。

「次郎……」

戸惑う声に耳を貸すことなく、次郎は己の前だけを見て歩き出した。

其の二

大きな沼の真ん中に菱餅《ひしもち》のような形の島が浮いている。

昼はただ静かに佇《たたず》んでいるだけの島だが、夜になるとそれは妖《あや》しく赤く浮かび上がる。岸から見ると、闇の中に大きな炎が浮かんでいるかのようだった。

ゆらゆらとめらめらと。それは宴《えん》の炎、艶《えん》の炎。それとも、怨《えん》の炎か——。

「あれが菱原《ひしわら》……」

そう呼ばれるのは島の形が菱形だからではなく、その昔、沼一面にびっしり菱がはびこり、菱の原っぱに見えたからであるらしい。沼の真ん中に元からあった島を整え、そこに遊廓が作られた。

菱は今も島を取り囲み、逃げようと沼に飛び込めば、菱に搦《から》め捕《と》られ深い沼の底へと沈められる、と言われていた。そんな馬鹿《ばか》な……と思うのだが、実際飛び込んで向こう岸に辿《たど》り着いた者はなく、なぜか死体さえも浮かばないらしい。

ただ面白がって作られた伝説なのか、脱走を考える者への脅《おど》しなのか、真偽は定かではないが、黒い沼は底が知れずひたすら不気味だった。

島に渡る手段はたったひとつの橋だけだ。

「そう、ここが菱原。この橋を渡れば、おまえはもう外に出られない。年季が明けるまで、ただの一歩たりとも」

朱塗りの欄干《らんかん》は美しいが、同じく朱に塗られていたらしい踏み板は、すっかり色が剝《は》げ、表面がささくれ立っていた。次郎はその板をゆっくり踏みしめて歩いた。

どれだけの人間がここを歩いたのだろう。売られてきた者、買いにきた者、ただの冷やかし、物見遊山《ものみゆさん》の客。

遊廓は男が春を買う場所だが、そのために遊女たちはひたすら美を追究する。髪の結《ゆ》い方や化粧、着こなし。洗練されたそれを美人画などで見た女たちはこぞって真似《まね》た。

菱原は女性の装いの流行発信基地という側面も持っていた。

朱塗りの板葺《いたぶ》き屋根の大門《おおもん》は、遊女にとって自由との決別の門。それをくぐれば、男と女が嘘《うそ》の恋花を咲かせる夢の世界が広がっている。

中央の大通りを次郎は物珍しくきょろきょろしながら歩く。人が多い。道の両側には引手《ひきて》茶屋《ぢゃや》が並び、軒先にはずらっと赤い提灯《ちょうちん》が下がっている。菱原が赤いのは、この提灯の色だ。

引手茶屋は遊女と客を引き合わせる仲介所であり、二階では顔合わせの宴会も行われる。

大通りから左右に伸びる道には、遊女が所属する妓楼《ぎろう》という見世《みせ》が建ち並び、格子《こうし》の中で中級以下の遊女たちが、道行く男を誘っていた。引手茶屋が仲介するのは、ここには座っていない上級の花魁たちだ。

毒々しいほどにきらびやかで猥雑《わいざつ》。こんな場所は他にはない。観光名所になるのもうなずける。

大通りの突《つ》き当《あ》たりにもうひとつの門が見えてきた。今度は黒塗りの門。

「あれを過ぎれば男街だ。おまえはこっちに出てくることもできねえよ」

菱餅の手前の三角が女街、奥の三角が男街。島は遊廓としてはかなり広いが、生活をする場としてはあまりにも狭かった。

ここで自分もあの女たちと同じように男を誘うのだ。そう思うと暗澹《あんたん》たる思いに胸が塞ぐ。黒門のところで女衒は手続きをして中に入る。これでもう外には出られない。しかし思ったほど警備は厳重ではなく、逃げ出すことは不可能ではない気がした。

「逃げるなら殺されることを覚悟しろ」

次郎の内心を読んだかのように女衒は言った。

「逃げるなんてそんな卑怯《ひきょう》なことはしない。俺は、正々堂々と出てやる」

言い切った次郎を女衒は鼻で笑った。

男街は女街より見世も人も少なく、派手さも控えめで少し寂しい感じがした。遊女たちは次郎を一瞥《いちべつ》する程度だったが、男娼《だんしょう》たちは敵意に満ちた目を向けてきた。次郎も遠慮なく睨み返す。どんな世界でも負けるのは嫌だし、やるからには頂点を目指す。

「おっと、花魁道中だ。避けろ」

前から派手派手しい一団がゆっくり近づいてくる。

きれいに結い上げられた髪にはべっ甲の櫛《くし》、笄《こうがい》や簪《かんざし》を光のように挿し、頭に比べて小さな白い顔には真っ赤な紅が引かれていた。ど派手な着物に前結びの帯、素足に高下駄《たかげた》で外八文字《そとはちもんじ》を描きながら、しゃなりしゃなりと歩く。夜の中に後光が差して浮き上がっているように見えた。

「女？」

次郎は思わずつぶやいていた。

「違う。松葉《まつば》は今一番人気の若衆《わかしゅ》花魁だ。おまえと同じ妓楼だよ」

「へえ……」

男である必要がどこにあるのかわからない。あれでいいなら女でいいんじゃないか……と思ったが、一番人気ということは、求められているのはあれなのだろう。

自分の前を通る時、松葉の視線が一瞬こちらに向けられた。鋭い視線は次郎を品定めして、すぐに興味を失ったようだった。

そのことにむっとする。敵意を向けられるのは競争相手と認められたこと。しかし今のは敵にあらずと判断した目だった。

絶対勝つ――心に決めてその横顔を睨みつけていると、どこからか視線を感じた。殺気にも似た只《ただ》ならぬ視線にハッと周囲を見回したが、視線の主を見つける前に、悲鳴のような声とざわめきに意識を奪われる。

見れば、花魁の前にひとりの武士が立ちはだかっていた。

「松葉、なんで会ってくれないんだ！　頼んでるのに、俺を虚仮《こけ》にしやがって……」

武士は姿勢を低くして腰の刀に手をかけた。茶屋に入る際は武士も刀を預けなくてはならないが、道では普通に帯刀している。

先程感じたのは、この武士の視線だったのだろうか？　しかし男の充血した目は、真っ直《ます》ぐに松葉だけをとらえていた。着崩れた羽織袴と乱れた髪《くし》で、武士はひどくやつれて見える。

松葉は武士を見てサッと青ざめたけれど、

「わっちは旦那《だんな》に呼び出されてなどおりんせん。虚仮にした覚えもないでありんす」

声は毅然《きぜん》と落ち着き払っていた。無様《ぶざま》に取り乱さないのが花魁の風格なのか。

次郎は身構えて周囲に目を走らせる。先刻の視線の主を探しているのではなく、なにか得物になるものはないかと思ったのだが、なにも見当たらない。割って入るにしても、武士相手に丸腰では分が悪すぎる。

「茶屋に呼び出しを頼んだんだが、俺はもう……金がなくて。それでも少し話すだけって頼んだら、花魁は忙しいと断られた。おまえが断ったんじゃないんだな？　俺にまだ情をもってくれているんだよな？」

「……なぜお金がないのでしょう？」

「藩《はん》の金を横領してたのがばれちまって……俺は、おまえのためにやったんだ、おまえに会うためにっ」

「お心は嬉しゅうおざんすが、してはならないことしたのなら、償うのが人の道でありんしょう」

「お、おまえのせいだと言うておろう！　俺は、おまえが紋日《もんび》は大変だとか言うから必死で金を工面して……。もう駄目だ、俺は死ぬしかない。だから松葉、おまえも俺と死ぬんだ！」

これが花魁に入れあげた男の末路か。花魁に騙されたなどと言っても、誰も同情はしない。わかっているからこそ追い込まれるのかもしれない。

武士は抜刀して正眼に構えたが、切っ先はぷるぷると震え、腰も引けている。しかし刃《やいば》はギラギラと不気味に光っていた。

高下駄を履《は》いた松葉はその場から動けず、周囲を固める新造《しんぞう》や提灯持ちなどの若い衆も、突然の事態に固まるばかりだった。

「いぃぃあぁあぁぁぁっ」

武士は奇声を上げて、突進する。

次郎はとっさに近くにあった短い箒《ほうき》を掴んで投げようとした。が、一団の後方から、疾風《しっぷう》のごとき黒い影が進み出るのを見て、止まる。

武士は上段から袈裟懸《けさが》けに、松葉の華奢な肩口《かたくち》目掛けて刀を振り下ろす。誰もが、終わった——と目を背け、目を瞑《つぶ》った。

しかし次郎はしっかりと見ていた。

松葉の前に躍り出た黒い影は、低い姿勢から腰に手をやり、腕《うで》を横一閃《いっせん》。キンッと甲高《かんだか》い音がして刀が宙を舞い、地面に突き刺さった。

武士は振り下ろした我が手を呆然《ぼうぜん》と見ている。その手の中に刀はなく、自分の首筋に刃が当てられていることにもしばらく気づかなかった。

黒い影に見えたのは黒の小紋《こもん》を着流した背の高い男。抜刀からの一閃で武士の刀を弾《はじ》き飛ばし、くるりと逆手《さかて》に持ち替えて首筋に刃を当てた。皮一枚のところでピタリと止めている。

「す、すげぇ」

目にも止まらぬ動きに見惚れる。

「今時の侍は刀をしっかり握る力もないか？　情けねえ。男花魁に現《うつつ》を抜かす前にやることがあるだろう」

男は首筋に当てていた刀をスッと引いた。

「ひぃぃいっ！」

かすかに切れたのか、武士は首筋を押さえてその場に尻餅《しりもち》をついた。

「おいおい、松葉を殺して自分も死ぬんじゃなかったのか？　切ったのは皮一枚。血も出てねえよ」

男はせせら笑うように言って、淀《よど》みない所作で刀を鞘《さや》に収めた。

次郎は息を呑《の》んで、その黒い男を見つめていた。一瞬の殺気と美しい太刀筋《たちすじ》。納刀まで美しく、心臓が止まるかと思った。

おののいたのではない。ときめいたのだ。

こんな凄《すご》い使い手がこんなところにいるなんて——。

次郎は目を輝かせ、手にしていた箒を男に向かって思いっ切り投げた。なぜそんなことをしたのかなんて自分でもわからない。考える前にそうしていた。

男のこめかみに向かって真っ直ぐ飛んでいったそれを、男はろくに見もせずに摑み、投げ返してきた。慌てて摑む。

一瞬こちらに投げられた鋭い視線にドキッとしたが、特に表情もなくすぐに視線は戻された。

「さて、この腰抜け侍を番所に突き出してくるか」

「え、信《しん》さんが連れていくのでありんすか？」

松葉は不安そうな表情で言った。

「一晩に二度も襲われるこたぁねえだろ。おまえがどんな性悪でも」

「わっちは性悪ではありんせん。教わった通りにやってるだけでありんすよ」

「俺はその変なありんす言葉を教えた記憶はないがな。さっさと行け。客が待ってる」

若葉は一瞬悲しげな顔になったが、男が侍を引っ立てて行くと、また毅然と道中を再開した。街はなにもなかったかのように元に戻る。

「菱原ってのは、こんなことがしょっちゅうあるのかい？」

次郎は女衒の存在を思い出して訊《き》いた。

「しょっちゅうあるわけじゃないが、たまにあるな。おまえ、なんで信之介《しんのすけ》に箒を投げたんだ？」

「んー……よくわからないけど、すげぇ人だなって思ったら手が勝手に……」

「試したのか。信之介はおまえみたいなガキ相手にしないからいいが、変な侍にそういうことしたら斬られるぞ」

実際、次郎は生意気《なまいき》な口をきいて斬られそうになったことが何度かあった。

天下太平の世の中であっても、帯刀を許されている武士は剣の腕を磨くべきだ、と次郎は思っている。だからつい、ひ弱な武士には馬鹿にした態度をとって、怒らせてしまう。

そして、腕の立つ武士には挑む。つまりどっちにしろ突っかかるのだが、強い人間ほど怒らないものだ。

「俺、死ぬなら刀で斬られるのがいいなって思ってるから。まあ、変な侍より、格好いい侍に斬られたいけど」

「おまえは……なかなかの馬鹿だな」

剣術馬鹿だとずっと言われてきた。免許皆伝が夢で、今もまだその夢は捨てていない。こんなのは、ちょっとした寄り道だ。

赤く薄暗い、ギラギラした街。馴染めるとはとても思えないがやるしかない。

次郎が買われたのは、菱原の中でも一、二を争うかなり大きな妓楼だった。楼主は夫に先立たれた老女。女の見世も男の見世も持っていて、どちらも繁盛させている敏腕婆《びんわんばばあ》だ。

「へえ。まあ、きれいな子じゃないか。いいだろう。松葉の跡を継げる若衆花魁がほしかったんだ」

楼主は皺《しわ》に埋もれた目を瞬《しばた》かせてじっと次郎を見る。小さく黒い穴のような目は、しかしとても鋭かった。

「おまえ、根性はあるかい？」

問われて、次郎はその底知れぬ穴を見つめ返す。

「ある。俺は必ず売れっ子になって、一日も早くここを出て行く」

「へえ。そりゃいい心がけだ」

馬鹿にしたように笑われて、むっとする。

「まあせいぜい頑張っておくれ。男は女よりも売れる寿命が短いからねえ。仕込みに時間なんてかけていられないんだ。でもおまえはいろいろなってない。なってないにもほどがある。びしびししごくから、音《ね》を上げるんじゃないよ」

「望むところだ」

言った途端に楼主の手元にあった扇《おうぎ》で頭を叩かれた。

「痛っ」

「言葉遣いがなってない。きれいな顔してるのに台無しだ。うちは廓《くるわ》なんだよ。客は友達と話しに来るんじゃない、もっと艶っぽくおし」

むっと口をへの字に曲げれば、また扇が飛んできた。芯《しん》のところで容赦《ようしゃ》なく打たれるからかなり痛い。

「痛ぇな、ばばあ」

つい、口から出てしまった。

口の悪さは両親にもずっと注意されていた。「口のきき方ひとつで大事な客を失うことになるのだから、普段から気をつけなさい」と。「その時になればちゃんとできる」なんて言い返していたのだが、考えるより先に出てしまった。

「ほほう……。こいつは仕込みがいがありそうだねえ。じゃあおまえには、一番きつーい遣《や》り手《て》につけようかね。おうめはいるかい⁉」

楼主は不気味に笑い、奥に向かって大きな声をかけた。現れたのは巨体の女性。歳は四十くらいか。目の光が楼主とよく似ている。

「よおく仕込んでやってくれ。早く稼ぎたいそうだから容赦はいらないよ。そうさな、半年で道中を踏めるようにしておやり」

「半年⁉　それは……やりがいがありそうでおざんすなあ……」

目を見交わして笑う婆二人が怖い。

遊廓といっても男遊廓なら、周りもみんな男なのだろうと思っていた。次郎は女が苦手だった。母も姉も近所の女衆もみな口が立って、腕っ節で組み伏せられない相手にはどう対抗していいのかもわからない。だから結局やり込められるのだ。

それからおうめに番所近くの小さな小屋に連れていかれる。中にはまた胡散《うさん》くさい感じのおっさんがいた。

「木《き》の屋《や》だよ。新入りだから入れてやっとくれ」

おうめはそう言い、小屋を出て行った。

「おい、左手を出しな」

言われるままに左手を出せば台の上に載せられ、袖《そで》を少しばかりめくった甲側の腕に針を刺される。

「い、痛い！　なにすんだ⁉」

怒って手を引けば、男は苦笑した。

「なんだ、なにも聞いてないのか。おうめも人が悪いなあ。入れ墨《いずみ》だよ」

「入れ墨⁉　俺は罪人じゃないぞ⁉」

「そりゃ罪人に入れる墨とはまったく違う。男娼は逃げないように印をつけるのさ。木の屋は桜だ、可愛いものだろう。なに、粋《いき》に彫ってやるから心配するな」

「本当に、本気で入れるのか？」

「門のところで袖上げて確認してるの見なかったのか？　じゃねえと野郎ばっかりで誰が男娼だかわからなくなっちまわぁ」

そう言われれば確かにそうだ。きれいな顔をした客も、厳《いか》つい顔をした男娼もいるだろう。区別がつかない。

「でも、入れ墨は消えないだろう？」

「消えねえよ。一生背負っていくことになるなあ。それが嫌で、上から派手な文様を入れて隠す奴《やつ》もいるが、そっちみち堅気《かたぎ》じゃねえってことにならぁな」

「なんだよ、それ……」

一番衝撃を受けたかもしれない。もう自分は普通ではないのだ。菱原にいたということをずっと背負って生きていかなくてはならないのだ。

さっさとしろ、と言われて、手を差し出す。拒否してもどうにもならない。

「すっごくきれいに入れてくれよ」

そんな強がりめいたことを言うくらいしか、この最悪な状況を受け入れる術はなかった。

施術はわりとすぐに終わった。

「ほらよ、きれいな桜だろう？　おめえは肌がきれいだし、白いから、火照《ほて》るといい感じに色が出るぞ。我ながらこれはいい出来だ」

男はひとり悦に入っている感じだったが、次郎にとってはいい出来だろうとなんだろうと、自分の肌に一生消えない傷がついた精神的打撃は大きかった。

暗い顔で妓楼に戻り、おうめを睨みつけてから、割り当てられた一階の小部屋に入る。二階からは宴会の声などが聞こえてきてかなり賑《にぎ》やかだが、次郎の気持ちは沈んでいた。

四畳半ほどの部屋に畳《たた》んだ布団《ふとん》が三組。どうやら三人部屋らしい。他の二人の私物が置かれていたので、次郎も手にしていた風呂敷《ふろしき》包みを解いて私物を取り出した。なにも持ってくるなと言われたが、紙の束と筆箱だけ許してもらったのだ。木刀も持ってこようとしたのだが、その場で取り上げられた。

実家で次郎が与えられていた部屋はこの部屋より広かった。部屋が狭くなったことや、相部屋だということに不満はない。いろんな覚悟を決めてきたつもりだ。

「しかしこれはなあ……」

痛む左腕をそっと包んだ。その部分には触れないように。ひどく熱を持っている。

深々と溜息《ためいき》をついた。自分が売られた……正しくは売ったのだが、その実感がやっと湧《わ》いてきた。庶民という枠から零れ落ちたのだ。

それでも、父はこれよりずっと過酷《かこく》な環境に置かれているに違いないと思えば、落ち込んでもいられなかった。父は家族を生かすために罪を犯した。どんなに過酷な環境でも、生きていくことが自分にできる唯一の親孝行だろう。

入れ墨なんてどうってことない。命が奪われるわけではないのだから。自分にはまだ未来がある。

「よく見ればきれい……だよ」

こんな小さな桜の彫り物にきれいもなにもあるものか、と内心では思いながら、自分を慰め、納得させようとする。

未来がひどくどす黒いものに塗りつぶされたような気分になったが、大丈夫、手探りでも前には進める。そしていつかまた剣を振るうのだ。

いつか……いつか……。

そのためにはとにかく生きること。生き抜くことだ。

其の三

妓楼の前の掃除をしていると、くだんの黒い剣士が現れた。

次郎は胸をときめかせながら声を掛ける。

「失礼、お侍様。天顕流《てんけんりゅう》の使い手とお見受けするが、如何《いかが》か？」

流派は窺《うかが》い知れぬ動きだったのだが、どこかで見たことがあるような感覚に、自分と同じ流派なのかもしれないと思った。

「天顕……かじってはいるが、俺のは勝手流。いろんなものが合わさって、どの流派に行っても邪道と呼ばれるものだ。おまえ、あの時箒を投げた子供か」

「子供ではありません」

むっと言い返した。

「じゃあその前髪は男を誘うための道具か？」

「違う！　これは……元服の機会を逸したというか、それどころじゃなかったというか……。俺はもう十六です。天顕流の道場に八年通っていました」

「八年……それはそれは無駄な月日を」

「無駄⁉」

カチンと頭に来て睨みつける。

「無駄だろう。おまえはここに用心棒になりに来たわけではあるまい。男を誘うのに、その攻撃的な物腰は逆効果だ。まあ、それを屈服させるのも面白そうではあるが、今の時代そんな男は稀《まれ》だし、そもそもそういう趣味ならここには来ない」

ぐうの音も出なかった。ただ男が買いたいだけなら他にもいろいろあるのだ。ここにいるのは高級男娼。求められているのは女花魁並の容貌と気品、教養。武芸にいかに優れていようと誰も褒《ほ》めてはくれない。

しかし無駄だったとは思いたくなかった。それでは自分の根幹を否定されたも同然。悔しくて歯を食いしばる。

するとその顎《あご》を持ち上げられ、じっと見られた。それは珍しいものを観察しているような表情で、思わず挑むように目力《めぢから》を強くする。

「こりゃあ前途多難だな。ウサギの皮を被った野犬か。遣手は手を焼きそうだ」

遣手とは遊女の教育係。担当がおうめだと知ると、男はなるほどな、と笑った。

「俺は菱原一の売れっ子になるんだ！　抱きたいって言っても抱かせてやらないからな」

「はいはい、そりゃ残念だなあ」

まるで心のこもらぬ調子で言われ、どんどん頭に血が上る。憧れすら抱いていたのに、ものすごく嫌な奴だ。師範に対する時のように敬語を話そうとしていた気持ちも萎《な》えてしまった。

「くっそう、誰も彼も俺を馬鹿にして！　今に見てろよ。絶対一番になってやる」

聞きようによっては男らしいと言われているようなものなので、喜んでいいのかもしれないが、相手の明らかに馬鹿にした態度が癪《しゃく》に障る。

「おまえ、名は？」

「俺は……艶路《えんじ》だ。ここでは」

「そうか。俺は信之介、ここでは信さんだ。おまえには特別、信様と呼ばせてやってもいいぞ」

「なんの特別だよっ」

格好良かったのに……台無しだ。

剣豪が必ずしも好人物とは限らない。それは知っている。嫌な奴だが剣の腕は一流という輩も残念ながらいて、そういう奴に負けたくなくて腕を磨いたという側面もあった。

武士の子なんてたいがい横柄で性格が悪い。いい奴なんて孝蔵くらいだった。

過ぎた日々を思い出せば恋しくなる。ただ剣の腕を磨くことだけ考えて、道場で切磋琢磨《せっさたくま》していたあの頃。

それはまだほんの二月ほど前のことだというのに、怒濤《どとう》の運命に押し流され、ずいぶん遠いところに来てしまった。

「艶路……」

「ん？」

「おうめさんが睨んでるがいいのか？」

「え？　あ！」

四半時で表の掃き掃除から中の拭《ふ》き掃除まで終わらせるよう言われていた。

「おまえはがさつな上に遅い！　油売ってんじゃないよ！」

「へえ」

「返事は可愛く『あい』だよ」

「あーいー」

次郎は自棄《やけ》になって、首を傾げて声も高めに言ってみせた。

「ふざけてんのかい⁉　おまえほど手のかかる子もないね。大成しないよ！」

まだおうめに仕込まれるようになって二日目だというのに、すでに呆《あき》れられている。

「ま、ある意味大物だけど。……化けるか転ぶか。おうめさん、頑張って」

信之介は暢気《のんき》に応援する。

「信さん、あんたが仕込んでくれりゃいいんだよ……」

「俺は用心棒だ。斬った張ったの方が楽しい」

「あ、俺もそっちが……」

「あんたはさっさと掃除おし！」

「あーいー」

次郎はおうめに一喝され、口をへの字に曲げて箒を手放し、雑巾《ぞうきん》に持ちかえた。


礼儀作法は子供の頃から躾けられていた。が、それは商人のものだ。

「へい。そのようにっ」

おうめに用事を言いつかって、家でしていたように返事した。家族や番頭に、返事だけはいいいねえ……と、呆れられつつも褒められていた元気な返事。

「へい、じゃないって何度言ったらわかるんだい⁉　おまえは気っぷが良すぎるんだよ、もっとはんなりおし」

ここに来てからというもの、自分が今までやってきたことが、どれもこれもまったく通じない。元気があるのは品がないのと同じ扱いだった。

「あーい」

小首を傾げ、自棄っぱちで笑う。

「もみ手はやめな。愛想ってのはね、そういう気持ち悪い薄ら笑いのことじゃないんだよ。そんなことじゃ商人にだってなれやしなかっただろうね」

全否定されてむっと口を尖《とが》らせると、そこを摘《つま》んで抓《つね》られた。

「痛っ」

「睨むのだって可愛らしく！　上目使いは基本だよ」

「そんな可愛いのがいいなら女を買えばいいだろ。男が好きだってんなら、キリッとしたのがいいって御仁《ごじん》だって……」

「まあいなくもないけどね」

「だろ？　じゃあ俺はそっち狙《ねら》いで」

「いいのかい？　いるといっても十人に一人か二人ってとこだ。そんなの狙ってちゃ、とても売れっ子などにはなれないよ？」

「う……。で、でもこの顔ならどう？　俺、男にはずっともてもてだったんだ……嫌だったけど」

「ここは遊廓だ。天下の菱原だ。きれいな顔なんてごろごろしていらあね。その上、品格も教養もあり、芸事にも長《た》けている。そういうのに丁寧にもてなしてもらえるから、いい気分になれるんだろ。言葉遣いのなってない生意気な子供なんて、誰がわざわざここまで買いに来るもんか。そんなのは陰間茶屋《かげまぢゃや》に行けば山盛りいるんだ。ここの十分の一の金で買えるよ。金額の違いは品格の違いだ。おまえを道楽で置いてんじゃないんだから、ぐだぐだ屁理屈《へりくつ》捏《こ》ねてないで己を磨きな！」

「うー……あーいー」

菱原一の座はなかなか遠いようだ。

今まではどんなに生意気でも、態度が悪くても、勝手に男が寄ってきた。邪険にしても縋《すが》ってきて迷惑だったのに、いざ売ろうとすると買う人がいないだなんて、理不尽だ。

次郎がいる妓楼「木の屋」には、花魁の最上位である「太夫」が三人もいる。その中でも今一番の売れっ子が松葉だった。

新人の出世街道は、まず売れっ子花魁のお付きの「新造」になること。新造とは年若い見習いのことで、花魁の身の回りの世話をしたり、座敷に上がったりして、いろんなことを学ぶ。上位の太夫付きの新造になれるのは、その跡を継ぐ有望株だと認めてもらえたということ。

次郎は認められたい欲が強かった。ずっと跡継ぎというものに憧れていた。義務や責任を背負うこと、人に期待されるということは、どんな気持ちがするものなのだろう。

いつも「次男坊は気楽でいいな」と言われ、実際そのように育ってきたけれど、自分にしかできないこと、自分がしなくてはならないこと、というものへの憧れをずっと持っていた。

だからこそ、ここに来たのだ。

あの時点で金銭的に家族を救えるのは自分だけだった。自分にしかできないこと、すべきことをしたと思っている。だから後悔はない。

これからはここで、期待に応える。その前に期待してもらわなくてはならない。頑張ろうという気はあるのだが、今までと頑張る方向がまるで逆なので、後退しているような気分になる。

まだ客前に出してもらえる水準にも達していない次郎は、おうめにしごかれる以外の時は、宴席に料理や酒を運ぶなど裏方の仕事をした。性格的にはそういう仕事の方が向いていると思うのだが、それでは一生かかっても借金は返せない。

宴席の後片付けを終え、新造三人の寝所となっている小部屋に戻った。他の二人はまだ戻っていない。

着物の裾《すそ》を割ってあぐらを掻《か》き、家から持ってきた紙と筆を取り出す。

自分の金額は覚えている。しかし、兄に支払われた金額が自分の背負う借金のすべてではない。女衒の手数料や仕込みにかかる費用、着物も布団も簪の一本も借金に加算されていく。早く客を取って稼げるようにならなくては、借金は増え続ける一方だ。

とにかく早く一人前にならなくてはならないが、仕込みを半年で終わらせるというのがかなりの急拵《きゅうごしら》えであるということは、この七日ほどのしごきでよくわかった。

礼儀作法に話し方、舞に唄《うた》に楽器、そして教養。他にも男をたらし込む手練手管など。これらが人前に出しても恥ずかしくない水準に達しなくては、独り立ちなどさせてもらえない。

女子ならば、年端《としは》もいかぬ禿《かむろ》の頃から、みっちり十年近くかけて仕込まれることだ。男は幼い頃に売られるということが少ないし、もてはやされる期間も短いので、女ほど仕込みに時間をかけられない。それでも将来有望な者であるほど、時間をかけて仕込まれる。

次郎の場合は、期待されてないというより、とにかくやれ、できるだろう？ と喧嘩《けんか》を売られているような感じで、だからこちらも、受けて立つという気分で頑張っていた。

仕込む時間が長ければ長いほど、気位は高くなっていくらしい。その気位の高さが苦手で男の方に来るという客もいる。

が、今一番人気の松葉は、なにをやらせても完璧だった。つまりは、やはり男であっても能力が高いほど売れる、高値がつく、ということなのだろう。

どうせなら高く売りたい。単価が高ければ、嫌な思いをする回数は少なくて済む。売れっ子になれば、わがままもかなり聞いてもらえるようになる。それは松葉を見ていればわかった。

金を稼げば神、なにも生み出さない者は塵芥《ちりあくた》。

次郎は売られてきた次の日に、妓楼の仕組みをおうめに訊《たず》ねた。

自分は何年奉公なのか、客が払った金の何割が自分の取り分になるのか、料金の格付けはどのように決まっているのか、等々……。しかし答えは蹴《け》りひとつだった。

「余計なこと考えないで働けばいいんだよ！」

「それじゃどれくらいでここを出られるのかわからない」

「だから、出ることなんて考えるなって言ってるんだ。用なしになったら出してやるよ」

「そんなのおかしい」

「おかしくったって、ここではそれが正しいんだ。おまえがおかしいんだよ」

せせら笑いに対抗する術はなかった。

外では当然のこともここでは通用しない。なぜならここで自分は商品なのだから。呉服屋で売られる着物と同じ。いや、売られても客のものにはならないのだから、賃貸ということか。

着物は喋《しゃべ》らない。その価値を決めるのは、店主と客。

美しくて丈夫で手触りもいいから高く売ろう。手間暇かけて織り上げたものだから長く売ろう。そうして、すり減ってボロボロになって買い手がつかなくなったらおしまい。廃棄処分がすなわち年季明けということだ。

いくらで買って、経費がどれだけかかって、いくら利益が出て……などという商人の理屈はここでは通らない。

悔しいが、唇を噛《か》みしめるしかなかった。

それでも次郎は意地になって自分なりの帳簿をつけている。基本は十年奉公なのだということを他の者に聞いたが、そんな契約はあってなきがごとしだろう。

今日は着物を譲り受けた、頼まれてお使いをした……など、自分に費やされた金額や稼いだ金額を推測して書き込んでいるが、今のところただの日記にすぎない。ずっとただの日記かもしれない。

でもなんとなくつけていると落ち着くのだ。これが商人の血なのだろうか。

「またそんなのつけてるの？　馬鹿みたい。またおうめさんに蹴られるよ？」

同室の新造たちが戻ってきて、次郎の手元を見て呆れる。一度おうめに見つかった時には、「こんなの無駄なんだよ！」などと、殴《なぐ》られ蹴られて、破り捨てられた。

「いいんだよ、つけたくてつけてるだけなんだから」

「虚しくなるからやめろって言ってんの。死にたくなるよ？」

新造たちは名を三也《さんや》と志野《しの》といった。三也は物事を深く考えないぽやっとした子供で、まだ十三歳。志野は次郎より一つ歳上だが、あまり器量は良くないので期待もされていない。そのせいかとてもやさぐれている。

「ならないよ、死にたくなんか」

「まあおまえは顔がいいからね。太夫候補だもの。死にたくなんてならないか……。でも、しょせん男娼なんて使い捨て。男に買われて抱かれて……死んじまうんだ。おんなじだよ」

志野のすべてを諦めたような感じが次郎は好きではなかった。運命を受け入れて流されているのならいい。しかし志野は、流されて溺《おぼ》れそうになっても、言い訳ばかりして自分の手足を使おうとはしない。そりゃ溺れるだろう、と思う。

「俺は、生きるためにここに来たんだ。死んでたまるか。男に買われたって抱かれたって、それで死ぬわけじゃない。絶対に生きてここを出て、自分のしたいことをする」

次郎は真っ直ぐに志野を見て宣言した。

「艶路さんは格好いいなあ……」

三也はのほほんとそんなことを言ったが、志野は目を伏《ふ》せて、

「そんなことが言えるのは今のうちだよ……」

とつぶやいた。

「でも志野さん、来た時から今とおんなじこと言ってたよ？」

ぼんやり三也に鋭く突っ込まれ、志野は苦い顔で黙り込んだ。そしてぶつぶつと、私は器量も良くないし……きみとは違うんだ……などと言い訳をしていたが、次郎も三也もそれには取り合わなかった。

ここにいる者はみな恵まれない状況下にいる。しかしその中でも、恵まれている者とそうでない者ができてしまう。だからといって、自らを貶《おとし》めて、いったいどんないいことがあるというのか。

下を見るより上を見る。嘆《なげ》くよりも食らいつく。

次郎の当面の目標は松葉だ。しかし同じようになれるとは思っていない。

読み書きそろばんは寺子屋でも優秀な方だったし、身体を動かすことなら人には負けない自信がある。だけどどうにも、はんなりとか、上品とかいう立ち居振る舞いは苦手だった。楽器も唄もうまくない。剣を振るって演舞するとか、そういうので補えないだろうか……。けっこう受けると思うのだけど。

そんなことを日々考えている。

誰だって得意なことがあれば苦手なこともある。得意を伸ばすか、苦手を克服するか、どうすれば自分の強みに変えられるかを考えて、無駄かもしれないがやってみなくてはわからない。

信之介は剣術に打ち込んだ八年を無駄だと言い切った。ものすごく悔しかったが、考えてみれば有用だからやっていたわけではない。ただ好きだったから、一途《いちず》にやり続けただけ。

身体の小さな次郎は、身体を使って戦うことにそもそも向いていなかった。それでも弱みを強みに、小さいなら素早く動いて、馬鹿にしていた同世代の奴らを打ち負かしてきた。そうして道場の同世代では一二《いちに》を争う腕前になったのだ。

だからできると思っている。なんだってやってみなくてはわからない。今腐らずにいられるのは、きっと剣術をしていたおかげだ。無駄ではなかった。

「志野さん、まずは一緒に木刀を振ろう。鍛錬《たんれん》すればすっとして、前向きな気持ちが湧いてくるよ」

「は？　おまえはどこまでもおかしな子だね。男娼が身体を鍛えてどうするんだい」

「ああそうか……なよっとしないといけないんだった」

口ではうまく言えないが、一緒に鍛錬すればきっと伝えられると思った。しかしそういうやり方はここ向きではなかった。

「なよっとじゃない。品よく、はんなりって……あんなにおうめさんが言ってるのに。おまえはとことん娼妓に向いてないよ」

「俺もそう思う」

それでもなんとかやっていかなくてはいけない。いや、一番になるのだ。

そして、帰る。

兄はあの金をうまく使っているだろうか。母は元気になっただろうか。姉はいい人と仲よくやっているだろうか。

しかし、心配してもしょうがない。家族とは連絡を取らせてもらえないから、あちらはあちらでうまくやっていると信じるしかなかった。家族のために自分にできることはした。だから今は自分のためにできることを目一杯する。

朝、次郎はそっと起き出して妓楼を出た。

居続けの客は帰り、みなが眠りに就《つ》いている明け六《む》つ時《どき》。空は藍《あい》から茜《あかね》へと変わり、吸い込んだ少しひんやりした空気は体内を浄化してくれるようで気持ちがよかった。

支給された……いや買わされた着物はすべて女物だった。華やかな色柄の襦袢《じゅばん》も着物も、呉服問屋の息子だから目には馴染んでいるし、嫌いなわけではない。しかし自分が袖を通せば腹の辺りがもぞもぞした。どんなにギュッときつく帯を締めても落ち着かない。おうめの前で帯を男結びになどしようものなら、即叩かれる。

中剃りを伸ばしている中途半端な髪型はおかしく、できるだけ動きやすい着物を選んだら色が真っ赤で、それに紺《こん》の帯をきっちり結んだら、実にちぐはぐな格好ができあがった。人には見せたくない格好だ。が、人目を避けているのは格好だけが理由ではない。

場末に向かって歩いていき、沼の縁にある稲荷《いなり》の裏に回った。菱原に来て三日目から毎朝密かにここに通っている。

稲荷の小さな社の軒下、そこに隠しているのは木刀だ。拾った太い木の枝を、こっそり持ち出した小刀で削って作った。不格好だが素振りするには充分だ。

ひとり黙々と木刀を降り続ける。この四半時ほどが次郎の気持ちを落ち着けてくれた。

「こんなところでなにをしている」

ビクッと振り返る。集中しすぎてその気配に気づけなかった。しかしそこに立っていた男を見て、気配を殺していたのかもしれないと思った。

「信さん……か」

見つかってしまった。知らない人なら適当にごまかせたが、よりにもよって同じ妓楼の用心棒だ。おうめの折檻《せっかん》は決まったも同然。

近づいてきた信之介は次郎から木刀を取り上げた。

「自分で削ったのか？」

渋い顔でうなずく。

信之介はそれを握って正眼に構えた。そして自分の腰の脇差《わきざ》しを抜き、木刀の持ち手の部分を削る。

「これでだいぶ握りやすいだろう」

返された木刀を構えてみると、確かに握りやすくなっていた。

「あ、ありがとう！　……言いつけないの？　おうめさんに」

「おうめさん？　ああ……言ってほしいなら言ってやるが、わざわざそんなことをするのも面倒くさい。俺にとってはどうでもいいことだ」

「ありがとう！　……ございます」

どうも口調が定まらない。信之介の剣の腕は尊敬に値するが、飄々《ひょうひょう》と軽い雰囲気と、人を馬鹿にした態度はいけ好かない。

寺子屋でも道場でも、負けん気の強さ故《ゆえ》にずっと歳上の子たちと争っていた。たとえ武士の子であっても、尊敬できぬ輩に敬語など喋れぬ、と言い張って、ぞんざいな口をきき続けてきた。

その結果、躾《しつけ》のなってない子、生意気な子、甘やかされた子と言われるようになってしまった。それでも師範にぞんざいな口などきいたことはないし、自分ではちゃんと使い分けができていると思っていた。

しかし、尊敬できなければ敬語を使わないなんて甘えた子供の言い分だった、とわかるくらいには大人になった。

「俺には別に堅苦しくならなくていい。言葉遣いがなってないなんてのも言いつけたりはしない」

「あいすみませぬ」

丁寧な物言いをしようとすると、なぜか武家言葉になった。

「それもおうめさんなら、なってないと言うだろうな」

信之介はくすくすと笑う。

「申し訳ないことでありんしたっ」

正しいのかどうかもわからない廓言葉を使ってみれば、信之介はさらに笑った。

「似合わんな、まったく」

自分でもそう思うので、笑われてもしょうがない。

「信さんは俺をつけてきたの？　それともお参りに？」

神社は遊廓内の至るところにあって、ここは一番寂れている場所だった。

遊女は年増《としま》になってもなんとかやっていけるが、男はそうはいかない。この辺りの場末の切見世に住み着いているのは、ほとんどが行き場のない男娼くずれの浮浪者だった。

すでに年季は明け、出て行っても止められることはないが、出て行かない。ここにいれば妓楼が持ち回りで一日一回食事を配給してくれるので、とりあえず食べることだけはできる。

現役の者は誰だってできればこうはなりたくないと思っている。だからなるべく寄りつかないし、ひやかしの客も通らない。ここはそういう場所だ。

「散歩だ。場内の見廻《みまわ》りも兼ねてな」

「こんな朝早くに？」

「遊廓にとってはこの時間が丑三《うしみ》つ時《どき》だからな。人目を盗んで悪いことをするならこの時間……だろう？」

同意を求められてもうなずけなかった。

「俺は別に悪いことしてるわけじゃ……。腕を鈍《なま》らせたくないんだ。……まあ、無駄なことなんだけど」

ぼそぼそと言い訳する。言われるに違いない嫌味は先回りして言った。

「いいんじゃないか。俺は無駄だと思ったが、おまえは無駄だと思ってないんだろ？」

「え？　あ、うん」

「じゃあ好きにすればいい。ただ、ここいらは鬱憤《うっぷん》の溜《た》まり場所だ。おまえみたいなのはやつかまれて襲われる可能性がある。気をつけろ」

「ああ、うん。負ける気はしないけどね」

「油断慢心こそが敵だと言われなかったか？」

「……言われ、ました」

師範にも、すぐに人を見切った気になるのがおまえの欠点だと言われていた。自分では肩書きや身なりではなく、立ち姿や身のこなしなどを見て慎重に判断しているつもりで、そう主張してみたのだが、そもそも人を見切れるなどと思うのが間違いだと一蹴《いっしゅう》された。

「ここに来るなとは言わないが、周囲には常に気を張っておけ。俺に言わせりゃおまえは隙《すき》だらけだ」

「う……」

「ここで死にたくはないだろう？」

「それはもちろん。俺は絶対、一刻も早くここを出るんだ。死んでたまるか」

次郎は信之介にというより自分に向かってつぶやいた。ここにきてからずっと言い続けている。

「帳簿なんかつけても早く出られるわけじゃないぞ？」

「なんでそんなこと……」

「狭い世界だからな。なんでも筒抜けだ。おうめさんは声も大きいし」

「早く出られないからって諦めるのはなんか嫌なんだ。俺がなにを言っても無駄なんだろうけど……」

「おまえは無駄が好きだな」

「無駄が好きなんじゃなくて、自分がやりたいって思ったことは、やらなくちゃ気が済まないんだ。それを人が無駄って言うだけで……」

「なるほど。自分のやりたいこと、か……。いつまで続くかな」

信之介は眩《まぶ》しそうに目を細めて次郎を見ながら、口の端《はし》に小馬鹿にしたような笑みを浮かべた。

「続けるよ。紙がなくなるか、俺自身が無駄だって思うまでは」

紙は貴重品だ。どんなに小さな字で書こうとも、持ってきた分だけでは二月がいいところ。それで終わるのなら確かに無駄なことだ。

「紙は俺が差し入れてやる。気が済むまで続けろ」

「え？　あ、ああ……ありがとう、ございます……。でも、なんで？」

紙をくれるというのは嬉しいが、信之介がなにを考えているのかさっぱりわからない。

「紙がなくなったから……なんて理由じゃ面白くねえだろ」

「は？　面白がってるだけ⁉」

「それ以外になにがある？」

「まあいいけど。……では失礼いたします」

　戻ろうと歩き出すと後ろからついてくる。

「一応俺は、木の屋の用心棒だからな。将来有望……かもしれない新造も、護る義務がある。今は気が触れたとしか思えないような格好をしていても」

「そりゃどうもっ」

　今さらながら自分の格好が恥ずかしくなった。

　信之介はまったく摑めない男だが、ここで稽古していたことは黙っていてくれるようだし、木刀も削ってくれたし、紙もくれるというのだから、自分にとってはいい人だ。それでいい。

　黒の着流しが格好良くて羨ましい……なんてことは考えない。考えてもしょうがない。

　赤い小袖を紺の帯で結んでいるのが今の自分。情けなくて恥ずかしくて、格好のつけようがないのが、今の自分なのだ。

其の四

「松葉、今日からこの子の面倒を見ておやり。艶路だよ」

どうやら出世街道の入り口には立てたようだ。

しかし、おうめにそう言われた松葉はものすごく嫌そうな顔をした。

「わっちが？　それはなんにもできない剣術馬鹿でござんしょう。こんな品のない妹は嫌でありんす」

「そうはいってもね、おまえと張れる器量だけでも貴重なんだよ」

「顔だけでありんすか。まあ、底の浅いこと」

明らかに馬鹿にした物言いでこちらに流し目を寄こす、その顔は本当に男なのかと疑いたくなるほど可愛らしかった。次郎は自分より可愛い男というものを初めて見た。

「底は今から掘り下げる。だからよろしくお願いします」

次郎はむっとした顔で、しかしきっちりと頭は下げた。

下についた妹遊女の面倒は姉遊女が見る。男娼でもそれは同じだった。妹分が独り立ちする時には、その費用も負担するらしい。金を出してくれる人にはそれなりの敬意を払わなければならない。

「ああ、がさつ。嫌だ嫌だ。おかみさんが決めたのならしょうがありんせんが、わっちのお客に粗相をしたら、すぐに首を切るから」

松葉は笑うと凄みが増した。得体の知れぬ怖さはもう女だ。ツンと澄ました顔はきれいで可愛く、簪をいくつも挿して飾り立てた華やかな頭がよく似合っている。

歳は次郎より一つ上の十七。幼い時から遊廓にいたようで、すでにどっぷり遊廓の空気に染まっている。客を取り始めてからはまだ一年足らずだが、あっという間に一番になったらしい。今では押しも押されもせぬ人気太夫の地位を確立している。

芸事に精通し、教養もあり、機転も利く。身の丈は次郎と変わらないが、かなり華奢で、護ってあげたい気持ちになるのだと松葉の旦那衆は口を揃《そろ》えた。

しかしそれも松葉の手練手管だ。

普段の松葉は気が強く、気位の高さも天下一品。次郎は護ってあげたい儚《はかな》さなんて松葉に感じたことはなかった。

「おまえは松葉に学ぶことがたんとあるだろうよ」

それは確かにその通りだろう。しかしうまくやっていける気がまったくしない。

そしてその予感は的中する。

「おまえにはいったいなにができるんだい？　ここでは棒振り回しても宴会芸にもなりんせんよ」

琴《こと》を弾く次郎を上から見下ろしての松葉の言葉だ。もちろん客前ではなく稽古中だが、鼻で笑われるのが頭に来る。棒を振り回して、と知っていることには驚いたが、追及する気になれなかった。

意地になって琴を弾けば、

「気合いで弾けるものじゃないんだよ。おまえには情緒《じょうちょ》ってもんがないのかい⁉」

おうめに頭を叩かれた。

「情緒はなさそうだなあ」

そう言って笑う男らしい声。そちらを見れば、開いた障子《しょうじ》に背を預けるようにして、信之介が立っていた。

「あれ、信さん」

信之介の顔を見た途端に松葉は袖で口元を隠し、乙女《おとめ》のように目を輝かせた。

松葉が信之介に気があるということは、初めて見た時からわかっていた。松葉は客にも同じような表情をしてみせるが、両方見てしまえばその違いは明白だった。目の輝きが違う。

こういうのも手練手管か。見習うべきなのだろう。

「おまえ、女を好きになったことはあるか？」

突然、信之介にそう問われて、次郎は戸惑いながらも首を横に振った。

「だろうな。大事な人に聴かせると思って奏でたら、もう少しまし な音になるはずなんだが……。そうだな、寝てる赤子に子守歌を歌うような感じで弾いてみろ」

「寝てる赤子……」

そっと弦《げん》に爪を立て、奏でる。次郎は末っ子だが、近所の子供の世話ならしたことはある。寝た子を起こすとそれはもう大変なのだ。

「まあ、ちょっとは優しい音になったな。基本はできてるんだから、あとは気持ちの問題だ」

「え、信さんって、琴も弾けるの？」

驚いて問えば、

「おまえはなんでそんな口のきき方なんだい⁉」

「ほんに馴れ馴れしい……」

女二人に一気に責められた。ひとりは男だが、まったくそんな気はしない。

「信さんはお琴が弾けるんでありんすかー？」

言い直す。なんとなくありんす言葉も使えるようにはなったが、馴染まないのだ。自分の言葉という気がしない。

「弾けるわけないだろ。でも俺は耳がいいんだ」

「なにそれ、ずるい」

次郎は二人に聞こえないようボソッと吐き捨てた。

「信之介は教えるのがうまいんだ。松葉も仕込んだんだから。ねえ、この子も指導してやっちゃあどうだい？」

いつも鬼のようなおうめが上目使いにしなを作る。

「そんな猿《さる》みたいなのに信さんはもったいないでありんす。信さんに相応《ふさわ》しいのはわっちだけでありんす」

松葉は信之介の手をとって妖しく微笑《ほほえ》んだ。次郎と一つしか歳が違わないとは到底思えない妖艶《ようえん》さがあった。

「俺は用心棒だ。松葉の時はおうめさんが女郎《じょろう》の方で手一杯で、頼まれて仕方なくやったが……そもそも松葉はできあがっていたからな」

「嘘でおざんすよ。わっちが太夫になれたのは、信さんのおかげでありんす」

松葉の手は信之介の二の腕に移り、しなだれかかるように身を寄せた。とても自然に。

信之介は苦笑している。

それを他人事のように見て、次郎は琴に向かった。優しく爪弾《つまび》いて響きの違いを確認する。

なんだってできないよりはできた方がいい。

「まあ、おまえは……そのままでいいような気もするけどな……」

次郎を見ながらつぶやいた信之介の声は、琴と戦う次郎の耳には届いていなかった。

稲荷の裏での素振りは、次郎の毎朝の日課になった。実戦稽古としては、立てた杭《くい》に木刀を袈裟懸けに振り下ろす立木打ちくらいしかできない。

十一月の早朝はかなり寒くて、姿を見せるのは野良猫《のらねこ》と信之介くらいのものだ。汗を掻くくらいに一心不乱に木刀を振れば、一振りごとに心の澱《おり》が消えていき、心が軽くなっていく。どんどん気持ちよくなって高揚感に満たされる。

「ここでそんな幸せそうな顔をする奴は、おまえが初めてだろうな」

信之介は松の根元にある岩に腰かけ、膝《ひざ》の上に野良猫をのせていた。それぞれにはよく見る来訪者たちだったが一緒にいるのは初めて見た。頭を撫でられている猫の方がよほど幸せそうだ。

「お日様が空にいれば、生き物はだいたい幸せなんだって、じいちゃんが言ってた」

「面白いじいさんだな」

「大店の旦那だったんだ。孫が遊廓に売られるとは思ってもいなかったと思うよ」

「だろうな」

次郎は木刀をいつもの場所にしまい、信之介に近寄って膝の上に手を伸ばす。頭を撫でても猫は逃げなくて、しゃがみ込んでその顔を見つめる。にこにこと嬉しそうな次郎の顔を見下ろし、信之介はボソッとつぶやいた。

「まだほんの子供なのにな……」

その声に同情を感じ取り、次郎はむっとして立ち上がった。その気配に驚いたのか、猫はピクッと顔を上げ、飛び去ってしまう。

「俺はもう子供じゃない。客だって取れる」

まだまだ下準備の段階で、客の相手をする具体的なことはなにも教わっていなかったが、松葉の接客の様子を見て、あれくらいは自分にだってできると思っていた。

「へえ。じゃあ試してみるか？　俺は無理だと思うぞ」

「きゃ、客ならちゃんと金を払うんだろうな？」

「金を払ってもいいと判断したならな。俺をその気にさせてみろ」

自分から売った喧嘩だ。買われるとは思っていなかったとはいえ、今さら逃げ出すわけにはいかない。

信之介が座っている岩の横に腰かける。それほど大きい岩ではないので、自然に身体は密着した。まずはその胸にしなだれかかる。松葉がやっていたのを思い出し、着物の襟元《えりもと》辺りに手を置いて胸板を撫でてみる。

意外に逞《たくま》しいその胸板に次郎は動揺していた。

こんなにびくともしない鋼《はがね》のようだっただろうか、男の胸というのは。

男の胸なんて今まで特別に意識したことはなかった。自分の胸は言うに及ばず、兄も父も次郎以上にひょろりと細かったし、師範は信之介と同じような体格だったかもしれないが、ことさらに触った記憶はない。そもそも自分から男の胸など触ったことがない。女の胸ももちろんない。

「どうした？　終わりか？」

そこから次に進めない次郎を信之介がからかう。

「お、終わりじゃない」

とは言ったものの、なにをすればいいのかさっぱりわからなかった。松葉はこうしてしなだれかかって、なにか話をしていたけれど……。

とりあえず、上目使いに見上げてみる。しかしそこに明らかに自分を侮った顔があって、思わず睨んでしまった。

「全然駄目だな。まるで子供に甘えられているみたいだ」

クスクス笑われる。

「なっ……！」

怒って離れようとしたら、腰に腕が巻き付いてきて、易々と引き寄せられた。

「細腰は悪くないが、残念ながら色気が皆無だ」

信之介は笑いながら、腰を手のひらで緩やかに撫で回す。途端に次郎はカーッと赤くなった。

「い、いやらしい触り方すんな！」

肘鉄《ひじてつ》を入れて逃れようとしたが、これもまた簡単に阻止される。

「は？　おまえ自分がなにをしようとしてたのか忘れたのか？」

「あ……」

「まだまだだな。でも、感度は悪くないようだ」

触られるとゾクゾクして、平然としていたいのに身体が勝手に反応してしまう。

「う、うるさい……」

恥ずかしいけど気持ちよくて、気持ち悪い。いろいろ引っくるめてゾッと肌が粟立《あわだ》った。

自分を抱きしめるようにして、二の腕を撫でさする。

「おまえ、男に抱かれたことが……？」

「ないよ！　……触られたりとかは、よくされたけど」

なにかというと触ってこようとする数多《あまた》の手を、打ち払うために剣術を始めたようなものだ。それでも触られたり見せられたり、変質者は跡を絶たなかった。しかしまぐわったことはない。

「そりゃ運がよかったな」

「ん、まあ……じゃないよ。俺の実力だから」

とは言ってみたが、運がよかったのも事実だ。危ないところで助けられたことが何度かある。それは父親だったり、師範だったり、孝蔵だったりした。でもそれ以上に自分で撃退してきたのだ。

「ここでは抱かれるのがおまえの仕事だ。本当にできるのか？」

「できないなんて言ってもどうにもならないよ。するしかないし、するからにはてっぺんを取る！　で、ありんす」

ここに来て何度自分にそう言い聞かせただろう。変わるしかない。変わらなくてはならない。でも根底にはしつこく、変わりたくない、という思いがこびりついている。

しかしやっぱり、変わるしかない。袖の上から桜の墨が入っている部分をぎゅっと押さえる。もう痛みは感じなかった。

「ありんすはやめろ。似合わなすぎて笑えるから。俺の前ではなにも飾らなくていい。おまえの生意気なところも、身の丈に合わぬ大風呂敷を広げるところも、俺はけっこう気に入ってる」

そう言われて、少し心が軽くなった。変わらなくてはならない状況は変わらないが、前のままの自分でいいと言ってくれる人がいる。

「身の丈に合った風呂敷なんて広げてもしょうがないよ。今は大きい風呂敷でも、それに見合う自分になればいい。剣術だって、初めは弱くて身体も小さくて馬鹿にされてばっかりだったんだ。でも、道場を辞める頃には、馬鹿にしてた奴らの誰も俺に敵わなかった。免許皆伝も夢じゃないって、師範に言われてたんだから。一年後に俺は松葉以上の花魁になってるよ」

疑ったこともないというふうに言い放つ。大風呂敷を広げるのは今に始まったことじゃない。それは元々の自分だ。

「へえ、免許皆伝」

「なんだよ、信じてないだろっ。本当に言われてたんだからな！」

「いやいや。筋は悪くねえよ。頑張ればいつか……できるかもな」

「本当？　じゃあ、じゃあ信さん、俺の師匠になってよ。天顕流もかじってるって言ってたよね？　もちろん無賃でとは言いません。ちゃんと帳簿につけるので、出世払いでお願いします」

次郎は信之介の前に立って、深々と頭を下げた。信之介はよく次郎が稽古している時に現れたが、何を言うでもなくただ見ているだけだった。

「おまえが金を出すとは大概《たいがい》だな。まあ出世するかはわからないが、いいだろう」

「やった！　じゃあ師匠、よろしくお願いします」

それからというもの、朝が来るのが待ち遠しくなった。

しかし信之介は毎日来るとは限らない。だいたい三日に一度くらいだ。俺もそれなりに忙しい、というのが信之介の言い分だったが、ただ面倒くさいだけかもしれない。

信之介は道場の師範並に、もしかしたらそれよりも強くて、まるで敵わなかった。その剣は自在で、打ち負かされるのすら楽しくてならなかった。

「その笑顔が客前で出れば、たいがいの男はコロッといくと思うが……出ないよなあ」

妓楼の中で次郎が笑顔になれることなどなにもない。愛想笑《あいそわら》いを浮かべる練習はしているが、おうめも呆れるほどぎこちないものだった。

しかし、笑顔が貴重なのは次郎だけじゃない。信之介もだ。信之介のさわやかな笑顔が見られるのはここでだけだった。

「そう言う信さんこそ妓楼では死んだみたいな顔してるよ。仕官とかする気ないの？　どうして用心棒なの？」

師匠に対してこの話し方はないと次郎も思っている。しかし、師匠と呼んで敬語で話しかけたら、面白くないからやめろと言われてしまった。信之介はどうやら馴れ馴れしく喋られるのが楽しいらしい。子供だと思われている証拠だ。

「仕官ね……。今は武士余りの時代だし、剣の腕なんて求められない。雇用されたところで薄給の閑職だ。その点、ここの女将《おかみ》は金払いがいい」

「……お金の問題？」

少しばかりがっかりする。

「ま、そういうことだ」

「うーん……そりゃお金は大事だと思うけど、なんかもったいないなあ」

「やる気のない武士に剣を教えるより、懸命に生きてる女郎を護る方が楽しい。男街にいるのは若干不本意だが」

「信さんって女好きなんだ？　でも松葉ねえさんを仕込んだんだよねえ？」

「男より女に囲まれてる方が楽しいのは確かだが、別に女好きではない。松葉を仕込んだというのも、男が悦《よろこ》ぶことを教えただけだから、そこそこ経験のある男なら誰でもできる。それに、松葉はきっと教えなくてもできただろう。あれは天性の魔性だ」

「俺は？」

「色気の欠片《かけら》もない」

少しの躊躇《ちゅうちょ》もなく信之介は言った。不満げに口を尖らせた次郎を見て笑う。

「でも、魅力はある。おまえはそのままでいい」

頬に触れた信之介の手は優しく、師匠というよりはまるで兄のようだと次郎は思った。懐かしい温《ぬく》もり。

そのままでいいと信之介はいつも言うが、そのままでいいわけはない。それでもその言葉に甘えたくなってしまう。

「おうめさんにはいつも、そのままじゃ駄目だって言われる。俺もそう思うけど……。俺は、戦国乱世に生まれたかったなあ」

「勇ましいな。花魁になろうって奴の言葉とも思えないが。乱世ならきっと、違う生き方があっただろうな……おまえも、俺も」

髪が伸びてきた中剃りの部分を隠すために、前髪を後ろに撫でつけ、つむじのところでひとつに結んでいる、馬の尻尾《しっぽ》みたいな髪型。頬から移動した手が、髪のまだ薄いところをポンポンと撫でた。

しかしその目は遠くを見ていて、自分の知らないところに思いをはせているようなのが、なぜか無性に寂しかった。

「信さんもなにかなりたいものがあった？　武将とか似合いそう」

「そうだな。戦《いくさ》はあまり好きじゃないが、戦場を馬で駆けるのは気持ちよさそうだ」

「あ、俺も馬に乗るの好き」

「乗れるのか？」

意外そうに訊かれる。確かに武士の子でもないのに馬に乗れるのは不思議かもしれない。

「友達が旗本の子で、こっそり乗ってた」

「おまえは本当……。ここにいるのが似合わない奴だな」

「自分でもそう思うよ。でも、太平の世に生まれたから、こんな暢気なこと言っていられるのかもしれない。命はひとつ。生きる道もひとつだ。俺はまずここで根を生《は》やして花を咲かせる。実をたわわにつけたら、種になって違うところに飛ぶんだ。そんで次は、俺が咲かせたい花を咲かせる」

夢を語る。それはどこででもできる。

「おまえは……自由だな」

信之介は眩しそうに目を細めて次郎の顔を見た。おかしなことだが、羨ましがっているようにも見える。

「は？　俺が自由なわけないだろ。この沼の向こうにさえ行けないってのに」

信之介は行こうと思えばどこにだって行けるはず。

「連れていってやろうか？」

信之介はそう口にして、言った自分に驚いたような顔になった。そんなことができるわけないことは、よくわかっているはずだ。

「人に出してもらう気はないよ。俺は自分の責を果たして堂々と出て行く。騙し騙される遊廓に真《まこと》はないっていうけど、俺の中にはあるから。俺の真はどこにいても変わらない。借りたもんは返すし、勝負からは逃げない。自分の未来は自分で掴む」

たとえどんなに厳しい戦場に放り込まれても、絶対に逃げ出さない。太平の世だって生きるのは戦いだ。そういう意味では安穏《あんのん》と商家の次男坊をやっていた頃より、生きているかもしれない。

自分で勝つ方法を考えて挑んで切り開く。結局、どこにいたってやることはそれだ。

「やっぱり勇ましいな。己の真……か。それがいつも通るとは限らないけどな……」

信之介は独り言のようにつぶやいて、また遠くを見る目をした。

太平の世にも冷たい風は吹く。

「世知辛《せちがら》い世の中だねえ。倹約令の次は奢侈《しゃし》禁止令だよ。節約しろ、贅沢するなって。人生には花がなくちゃあ……」

楼主が煙管《キセル》片手にぼやいている。

「さいでありんすなあ」

どうでもいいような相槌《あいづち》を打ったのは松葉だ。

二年前に前将軍が亡くなり、その息子が新しい将軍となった。その時で齢二十四。若き将軍は財政改革に着手した。倹約に励むようにというお触れは出ていたが、庶民への締め付けはそれほどではなかった。しかしここに来て、奢侈禁止令が発布《はっぷ》された。

贅沢の禁止は、花街にとっては死活問題だ。

「地味《じみ》な花街なんてなにが楽しいものか。お上《かみ》が人の財布の口を固くするもんじゃないよ」

「そうでありんすなあ」

「聞いてるのかい、松葉。おまえの客にはお役人も多い。金を使えとはっきりと口にしちゃ駄目だよ。あくまで旦那が自分の意思で使うように仕向けるんだ。贅沢を唆《そそのか》すのも罪だそうだから」

「あい。心得ておりんす。わっちは身体を動かすしか能のない輩とは違います」

松葉の目は障子の桟《さん》を雑巾で拭いていた次郎に向けられていた。嘲《あざけ》るような視線。松葉は良くも悪くも表情豊かだ。客はそれで気持ちよくなるのだろうが、次郎はむかつくばかり。

「客が減るってことでありんすか？」

次郎は松葉を無視して楼主に問いかけた。

「艶路、おまえは廓言葉を使っても少しも色気がないねえ……。そうだよ、お客は減るだろうね。おまえは持ち出しばかりが増えていくねえ」

楼主も次郎が帳簿をつけていることは知っていた。もちろん無駄なことだという意見は同じだったが、無理にやめさせようとはしなかった。面白がっている。どこか信之介と同じ匂いがあった。

「俺はいつになったら客が取れるようになるんですか？　もうけっこういけてると思うんだ

けどなあ……」

「なにがいけてるもんか。まずその口のきき方をなんとかおし。眼差《まなざ》しひとつで懐《ふところ》から小判《こばん》を出させるくらいになるんだよ。おまえは旦那にも喧嘩をふっかけそうで、危なっかしくてまだ独り立ちなんてさせられやしない」

楼主は溜息をつき、松葉は馬鹿にしたように笑う。

「俺だって、いざとなったらちゃんと……」

「こういうのが面白いっていう御仁もいそうだが、罠《わな》を仕掛けられたらまんまとはまりそうだ」

雑巾片手に熱弁を振るおうとする次郎の頭をポンポンと叩き、信之介が横から会話に入ってきた。

「あれ信さん……」

パッと松葉の表情が華やいだ。わかりやすい。

この妓楼で次郎を庇《かば》ってくれるのは唯一信之介だけだが、贔屓《ひいき》はしてくれない。あくまでも中立に立って、次郎のことを面白がっている。師弟関係は、あの時間、あの場所だけでのもので、他の誰にも知られてはいない。

「俺が予行練習させてやろうか？」

「へ？」

信之介がニヤッと笑って放った言葉に、そこにいる誰もが小首を傾げた。

「俺が客になって、仕込んでやろうかと言ってるんだ」

「は？」

眉根を寄せたのは次郎。楼主はニタッと笑い、松葉は般若《はんにゃ》のような顔になった。

「なにを言ってるんでありんすか⁉　信さんは、わっちだけ……わっちだけが特別だと。そのような出来の悪い新造などにかまう必要はありんせんっ。旦那になるのなら、わっちの旦那になっておくれなんし」

怒りの表情が縋りつくようなものに変わった。身も世もない切ない表情は、本性を知っていても絆《ほだ》されてしまいそうになる。信之介を慕う気持ちだけは本物なのだろう。

「太夫を独り占めはできまいよ。俺は金もない、しがない用心棒だ。出来の悪い新造を仕込んで、給金を弾んでもらおうという腹だ」

信之介は松葉をさらりと躱《かわ》す。

「そうさね、それも面白いかもしれないね。おうめもその出来の悪いのにばかりかまってもいられないし」

「出来が悪い出来が悪いって……」

どいつもこいつも失礼だ、と思うが口にはしなかった。また言葉遣いが悪いと責められるに決まっている。

松葉の睨みが痛い。視線で穴が空きそうだ。

すでに楼主と信之介は合意に達してしまった。みなに出来が悪いと罵《ののし》られながら、望んでもいないことで嫉妬《しっと》され睨まれる。実に理不尽だ。

人生とはまったく己の思い通りには進んでいかないものらしい。

其の五

「おまえは正面から人を見すぎる。敵に挑むんじゃなくて、するりと懐に忍び込むんだ」

「はあ」

「甘えて油断させて、相手がその気になったらするりと引く。手に入りそうで入らないものに男は夢中になる」

楽器や礼儀作法などは今まで通りおうめから教わるが、男をその気にさせる手練手管を信之介から教わることになった。

昼下がりの妓楼の一室。向き合うなり信之介に駄目出しされた。

「俺は別に敵だと思ってるわけじゃないんだけど……」

信之介の言わんとしていることはわかるのだが、自覚がないのでどう直せばいいのかわからない。

「おまえの腰は基本的に喧嘩腰なんだ。隙を見せず挑もうとしている。相手を油断させるにはまずその構えを解け。なんでも受け入れる姿勢だ。そしてできれば侮られろ」

「侮られる?」

なにが嫌いかといえば、人に侮られることほど嫌いなことはない。

「おまえは本当に単純だな。もっと腹黒くなれ。商人がもみ手して客にすり寄っていくのと同じだ。腰を低くして頭を下げて、なんでも仰《おお》せのままにという顔をして、しかしがっちり利益は得る。花魁は笑顔で男を身ぐるみ剝ぐんだ。相手がいい気になっているうちに」

「……あいわかった。それが戦に勝つ戦法ってわけだ。敵を欺《あざむ》くことは必要だ」

「いや、わかってねえだろう……」

戦に置き換えてやる気満々に目を輝かせた次郎を見て、信之介は溜息をついた。そして自分の横に手招く。

「こないだ俺が抱いてやっただろう? この腰を。あの時の顔はなかなか可愛かったぞ」

急に男前の顔になって耳元で囁《ささや》くように言われる。反射的に顔が赤くなりそうになって、必死で怒りに転換する。

「か、可愛いとか」

そう言われるのも昔から嫌いだった。それを言われたくなくて腕を磨いてきたようなものだ。

「侮られろと言っただろう。刀なんて握ったこともありませんという顔をしろ。そうだな……あれだ、猫だ。鋭い爪は隠して、可愛い顔でごろごろと喉《のど》を鳴らせ」

信之介は腕を回して次郎の身体を抱き寄せ、肩に頭をのせた次郎の顎の下を、猫にするような調子でくすぐった。

「なっ、やめ――」

猫扱いにムッとして、逃れようともがいたが、

「動くな。目を瞑ってろ」

命じられて仕方なく目を瞑り、じっと固まる。

喉から鎖骨《さこつ》へと長い指が滑っていき、首筋の肌の感触を楽しむようにゆっくりと撫で回す。

次郎はくすぐったさを必死で堪《こら》えた。身体がぞわぞわして、笑いたいのか不快なのか自分でもよくわからなくて眉間《みけん》に皺を寄せる。

「艶路……おまえは本当に色気がないな」

信之介は溜息混じりに言った。

「は?」

馬鹿にされたかと信之介の顔を見上げれば、間近に精悍《せいかん》な頬と優しい眼差しがあった。

「まあいい。とにかくおまえはこうして男にしなだれかかることを覚えろ。身体を預けて、心は……開いているふりでいい」

「ふり。それはつまり、騙すってことだよな?」

「いちいち本気になるわけにいくまい。うまく騙すのがおまえの仕事だ。気が引けるか?」

「いや。心にもないことを言うのは得意じゃないけど、それで金をもらうのならやる。うまく騙して、騙しまくって勝ち抜ける」

気が引けるなんて言ってられない。中途半端がいけないのだ。騙すなら完璧に。気合いを入れて握った拳《こぶし》は、信之介の指によって開かされた。

それからしばらく信之介にしなだれかかるという、眠気を誘う練習を続けさせられた。


「艶路、おまえはまだお使いも満足にできないのかい!?　顔がいいだけなら、食《く》い扶持《ぶち》がいらないだけ置物の方がましだよ」

松葉は信之介が次郎を見始めて以降、ずっと苛々《いらいら》してる。客前ではそんな気配すら見せないのはさすがだが、抑えている分も上乗せされているのか、ますます次郎への当たりがきつくなった。

「松葉って、ありんすじゃない喋り方もできるんだ？」

「うるさい。おんしなんぞに言葉遣いをいろいろ言われとうないわ。わっちはおんしと違って使い分けがちゃんとできるんだよ。そして、呼び捨てはやめなんし！」

「松葉……ねえさん？　にいさん？」

「廓ではみんなねえさん、妹なんだよ。そんな常識くらいいい加減覚えなんし」

「はいはい、すみません。出来が悪くて、信さんに可愛がられて」

可愛がられているなんてまったく思っていないが、松葉を怒らせることで次郎も鬱憤晴らしをしていた。

次郎に味方はいない。松葉はこの妓楼の稼ぎ頭なので、誰も松葉には逆らわない。楼主らはもちろん意見できるが、する気はなさそうだった。

いじめなど遊廓では大したことではない。命が平等でないことは誰の目にも明らかで、生きたければ自分のことは自分で護るしかなかった。

太夫になれる人間など、本当に一握りなのだ。百人に一人いるかいないか。新造の段階ですでに器量によって順位付けされ、多くは独り立ちしても見世の籬《まがき》の中で客に買われるのを待つ、格子未満の身分となる。

自分の部屋で優雅に指名を待って、一日に何十両と使うお大尽《だいじん》が待つ茶屋へと、華やかな花魁道中をする。客の選り好みもできる。太夫は特権満載のお姫様。殿様である楼主に次ぐ権力者なのだ。

今の自分にできるのは、いじめられてもめげないことだけ。すぐに太夫にはなれない。なれるかどうかもまだ定かではない。

「おんしなんぞただ物珍しいだけ。わっちがどんなに努力して……。おまえなんか！」

文箱《ふばこ》が飛んできたりはするが、松葉は己に力がないことをよく知っている。殴ったり蹴ったりという己の身体を使うことはしない。着物や頭が重くてする気にもなれないのかもしれない。

「松葉、脇坂《わきさか》様のお越しだよ」

そう声がかかるが、他にも待ちの客がいる。

「艶路、おまえ行ってお相手をしなんし。大事な旦那様だ、絶対に粗相のないように」

「あい」

松葉は売れっ子なので、一晩に二、三人指名が重なるのもよくあることだった。誰とどのくらい話をするか、床を共にするか、すべて花魁の裁量に任されている。

待つだけ待ってろくに話もできずに帰る客もいるが、文句を言えば野暮《やぼ》だと言われる。金に余裕があると心にも余裕ができるものなのか、だいたいは諦めておとなしく帰った。

「脇坂様、花魁はじきにまいります。お酌《しゃく》いたします」

脇坂は町奉行《まちぶぎょう》らしい。髷はキリッと結われ、細い眼は眼光鋭く、表情も口数もあまり豊かではない。刀は預けるのが決まりなので帯刀していないが、紋付きの羽織袴は上質で、いかにも偉《えら》いお役人という感じに次郎は少し気後れしていた。

町奉行といえば裁く人。次郎の父は裁かれた人間。流罪を申し渡したのはもしかしたら脇坂かもしれない。

悪いことをしたのだから裁かれるのは当然のことで、脇坂を恨む気持ちはないが、わだかまりはある。偉い役人がこんなところで男買ってんじゃねえよ、という気持ちはもちろん見せない。

「おぬし、名は？」

「艶路と申します」

「おまえはあのけったいな言葉を使わないのだな。ありんす、とかいう」

「使わないというか、使えないというか、よくわからなくて。申し訳ないでありんす」

無理に使ってみると、脇坂はほんの少し笑った。

「よい。正直、男がありんす、もないものだと思っていた。松葉はまあ似合っているが」

酌をするくらいなら粗相はない。なるべく喋らない方がいいのだろうが、それではいる意味もない。しかし役人となにを話せばいいのやら。

「脇坂様は花魁のどこがお好きなんですか？」

特に興味はないが訊いてみる。松葉の旦那なのだから、松葉を褒めるに決まっていて、そんなの聞いてもなんにも楽しくない。

「好き？　ああ……余計な詮索《せんさく》をしないところかな」

途端に話すことがなくなった。なにを訊いても詮索することになってしまうだろう。こんな時なにを話せばいいのか……は、おうめに訊くべきか、信之介でいいのか。

「将軍が病に倒れた、という話をおまえは知っているか？」

唐突にそんなことを問われて驚く。

噂話《うわさ》程度なら軽い気持ちで答えるが、役人にはどう返答するのが正しいのか。そもそもそんな情報を男娼に漏《も》らしてもいいのか。

「知っているかと訊いているだけで、事実だとは言っていない。町でそういう噂が広がっていると聞いたので、ここでもそうなのかと問うてみただけだ」

「ああ……えっと、俺は知りません。……じゃない、存じ上げません」

「そうか」

沈黙が落ち、ただ酌をする。

「髪は結わないのか？」

「まだ中剃りが半端に生えてきたくらいで、きれいに結えないんです」

「まあその髪も似合っている」

「ありがとうでありんす」

脇坂は役人のわりに、既成概念に囚《とら》われる人間ではないらしい。単に興味がないだけかもしれないが。

松葉がなかなか来ないのは嫌がらせではないのかと疑う。脇坂が話し上手な人柄でないのを見越して、自分を困らせせようとしているのではないか。それならそれで受けて立たなくてはならない。

「脇坂様は剣術はお好きですか？　わたくし、天顕流を少しかじっているのですが」

「ほう、天顕流。私は南総《なんそう》一刀流だ」

「おお、南総一刀流！　使い手の方とお会いするのは初めてです。ああ、剣があればぜひともお手合わせ願いたいところ……あ、すみません」

思わず興奮してしまい、自重する。南総一刀流は規律が厳しく、上級者の剣術と言われている。門人は大名《だいみょう》級の武士ばかりで、商人とは縁遠い流派だった。

「面白いな、おぬし。なぜ男娼など……いや、野暮を申した。すまん。どれ、構えてみろ。見てやろう」

「え⁉　よろしいのですか？　あ、でも……」

立ち上がろうとして、また怒られてしまうと躊躇する。

「私がよいと言っているのだから、よい。立ってみよ。その格好では厳しいかもしれぬが」

花魁ほどではないが、着物を重ねて帯を前で結んでいるので動きづらいし構えづらい。しかし立ち上がって構えれば、脇坂が笑った。

「さすがにその格好で構えられると……いやいい構えをしているだけに、違和感が……」

ククク ッと笑い続ける。

そこに松葉がやってきた。笑っている脇坂を見て、キッと次郎を睨みつける。

い。

「艶路、おんしなにをしている？」

押し殺した声が怒りを伝えてきた。客前だというのに、いつものはんなりした雰囲気がない。

「どうしたんだ？　松葉」

しかし脇坂が声を掛けた途端に、松葉のまとっていた空気が変わった。それは見事なまでの豹変《ひょうへん》。

「お待たせして申し訳ありんせん、脇坂様。うちの新造がなにか粗相をしませんでしたか？」

「いや、楽しませてもらったよ」

「あれ、わっちはお邪魔でしたか？　心変わりでおざんすか？」

そっと二の腕を取り、上目使いに見つめる。悲しげな顔は純情一途な乙女のようだ。男を手玉に取る太夫だということはわかっているのに、騙される。

「おぬしがよその男と遊んでいるからだろう？」

「わっちは早く旦那に会いたかったけど、離してもらえなくて……ごめんなさい」

急に廓言葉をやめて、しょげた様子はまるで町娘のようだ。感心とか呆れるとかいうより、怖くなった。負けを認めたくはないが、自分にこれができるとは思えない。

松葉は実は女なんじゃないのか。でなければ、物《もの》の怪《け》の類《たぐい》かもしれない。

追い払われてホッとして自分の部屋に戻る。その途中で信之介に会った。

「あの脇坂様を笑わせるとは、凄いな、おまえ」

「見てたのか⁉　……あれは笑わせたんじゃなくて笑われたんだ……」

部屋は締め切っているわけではないので見られても不思議はないが、気配もまったく感じなかった。

「やっぱりおまえは変に飾るよりそのままがいいな。花魁より若衆でいくか」

「それじゃ売れないって言われたけど？　そんなのがいいって言うのは百人に一人だとか……。信さんの趣味が変なんじゃないの？」

「今の主流が松葉のようなのだというだけで、出してみれば案外需要はあるかもしれない。まあ賭《かけ》だな」

「賭なんてさせてもらえないと思う。俺が太夫になったらやってみるよ」

「太夫になったら、な……」

信之介は少し寂しげに笑った。


朝になると稲荷の裏へ。妓楼でも信之介と顔を合わせることが増え、四六時中顔を見ているふうなのに、ここで見る信之介は新鮮だった。ここでは新造と指導係ではなく、同じ師弟関係でも剣士同士。

「脇が甘い！」

「はい！」

なにを言われても素直に聞ける。気持ちよく前進できる。

花魁修業は、言いつけに従っても前進しているのか後退しているのかわからない気分になる。

朝稽古が終わり、一度妓楼に戻ってから忘れ物をしたことに気づいた。手拭《てぬぐ》いなので明日でもいいかと思ったが、まだみんな寝ているし……と走って取りに戻った。

いつもの場所に黒い人影が見えて、なんとなく木陰に身を潜めた。そっと覗き見れば信之介の姿が見えて、なんだまだいたのかと近づこうとしたら、信之介は見知らぬ男と話をしていた。

着流しに羽織姿。明らかに男娼ではなく、信之介よりも少し年嵩《としかさ》だろう。武士だが、浪人と役人の間くらいの雰囲気。脇坂よりは下《した》っ端《ぱ》な感じで、同心かもしれないと思った。

しかし菱原の番所では見たことのない顔だ。

「それで春長公《はるながこう》は……」

信之介の声が聞こえた。

春長といえば、天下の将軍様と同じ名前だ。噂話か。脇坂が言っていた将軍が病気だという話かと耳を澄ますが詳細は聞こえなかった。

今の将軍は二年前に変わったばかりなのだが、病気だというのは真実なのだろうか？　雲の上の人のことで、病状を心配する気持ちより、死んだら奢侈禁止令が撤回されるかな、なんてことを考えてしまう。

上が変われば、下々《しもじも》の者はただ振り回されるだけ。どんな状況下でも逞しく生きていくしかない。

なんとなく近寄り難くて、次郎は声を掛けずに妓楼に戻った。

信之介は次郎の知らない顔をしていた。用心棒の時とも、指導係の時とも違う顔。親密になれたような気がしていたが、出会ってまだ三ヶ月ほど。知っていることの方が少ないのかもしれない。

それでも松葉には親密そうに見えるようで、とにかく毎日苛々と機嫌が悪い。

「痛っ！」

座布団に針など仕込まれる始末だ。

「あれ危ないわあ。針はきちんと仕舞わないと危のうおざんすよ？」

などと言って、くすくす笑っているのは他の新造たち。松葉も続きの部屋にいて、こちらをチラッと見たが、特に関心もないような顔で視線を戻した。

松葉に嫌われている次郎はいじめてもいいのだ、という共通認識が新造たちの中にできあがっていた。針を仕込んだのが誰なのか、松葉の命令なのか、便乗なのか、本当にしまい忘れただけか……。責め立てるのも、犯人捜しも面倒だった。

「どうした？」

通りかかった信之介が次郎の声を耳にしたようで、中を覗き込んできた。

「別に大したことじゃない」

話を大きくしたくなくて、ふくらはぎに小さく盛り上がった血を無造作《むぞうさ》に指で拭おうとした。が、その手を止められ、足首を摑まれて引き上げられる。

「う、わ、なに⁉」

屈《かが》んだ信之介の目の前に、次郎の白い足。赤い仁丹《じんたん》のような血の粒に信之介は唇を寄せ、その舌で舐《な》め取った。

「いっ⁉」

驚いて変な声が出た。

「あんまりくだらないことをするなよ、おまえら」

信之介は誰にともなくさらっと言ったが、一瞬細められた目は鋭く光った。

みなが目を背け、自分は関係ありませんという顔をしている中、松葉だけが信之介以上に鋭い眼差しで虚空《こくう》を睨みつけていた。

それから数日は平和だった。果たして信之介の一言が効いたのか。

「おい、俺へのツケはいかほどになった？」

次郎が部屋で帳簿をつけていると信之介がやってきた。差し入れの紙を持って。

「剣術指南の方だけなら、これまで二十二回。一回を十文《もん》とするなら二百二十文というところです、師匠」

「おい、十文は安すぎやしないか？」

「湯屋一回と同じくらいで妥当な線じゃないですか？　だいたい、猫を撫でてる時間の方が多いくらいなんだし」

「まあいいけどな。おまえの出世払いを当てにするほど落ちぶれちゃあいない」

「お、では五文でどうですかい？　師匠」

もみ手をしながら申し出る。

「賃下げ交渉されるのかよ。しかも半額。まったくありがたみのない師匠だな」

「うーん、じゃあ切りのいい八文で！」

「おまえが生き生きするのは、木刀を振ってる時と、値切ってる時か……」

信之介は苦笑し、次郎は帳簿に「一回八文」と記す。

そんなやり取りはいろんな部屋に聞こえていた。

夜、用心棒は妓楼に詰める。狼藉《ろうぜき》を働く酔客を追い払うのも用心棒の仕事だ。中にはめっぽう腕の立つのもいて、たまに信之介は他の妓楼からも助けを求められる。

大門の前には番所があるが、自分たちは見張るのが仕事だと言って、酔客の取り締まりはやってくれない。役人というのは融通が利かないものなのだ。

それに番人たちは自分より信之介の方が腕が立つことを知っている。

腕を信頼されていることが、次郎には羨ましかった。遊廓という特殊で狭い世界の中であっても、剣の腕で生きていけるのはいい。

それに比べて自分は……。今日も小間使《こまづか》いの身。楼には雑用をする若い衆もいるのだが、次郎がやらされるのはだいたいお使いではなくただの嫌がらせだ。

夜五つ時。遊廓では一番忙しい時間に、火傷《やけど》したから沼の縁まで行って薬草を採ってこい、と松葉に言われた。松葉が火傷なんてしたら、それはもう一大事だ。

大門から伸びる中央の大通りは明るくとも、葉脈のように伸びる左右の道の一番奥、沼の縁まで行けば、人気《ひとけ》も灯《あか》りもなくなる。不気味に静かで怖いし、怪しい動きをすれば足抜けと間違われてしまう可能性もある。

しかし、できないと言うのも、嫌だと言うのも負けのような気がして、次郎は記憶を頼りに沼の縁まで来た。手持ちの提灯で照らし、それらしい草を採る。

そこでザザッと複数の人の気配がした。ハッと振り返り、身構える。頭巾《ずきん》を被った二本差しの武士らしき人影が三つ。ものすごく怪しい。

ここはいつもの稲荷の裏から十間ほどの場所。走って木刀を取りに行きたいところだが、敵はそちらの方に立ち塞がっている。丸腰で刀とやり合うのは分が悪すぎる。

「何用でございますか。火傷なさったのなら、薬草をお分けしますが?」

次郎が落ち着いていられたのは、これはきっと松葉の差し金だと思ったからだ。いかに性悪でも、命までは取るまい。

「なるほど可愛げのないことだな。痛い目を見れば少しは身の程をわきまえるであろう。これは躾の一環だ」

一番背の低い男が偉そうに言った。他の二人は両側に控えているので、この男が主人なのだろう。

「己の素性《すじょう》も明かせぬような輩に躾けてもらう必要はない」

たぶん腕が立つのは、従者の右側の一人。次郎を捕まえようと不用意に近づいてきた主の男の眉間めがけ、次郎は手持ちの薬草を投げつけた。

男が怯《ひる》んだ隙に走り出す。手持ちの火を消せば、男たちの一人が持っていた提灯だけが闇に浮かび上がる。

真っ暗でも次郎にとってここは来慣れた場所だ。憶測で走れば社《やしろ》の形が見えてきた。使い慣れた木刀なら百人力。手を伸ばそうとしたが、もう少しというところで着物の背中を掴まれ、引き戻された。後ろから凄い力で羽交《はが》い締《じ》めにされる。

「な、に、する気だ⁉」

じたばたと暴れながら問《と》い質《ただ》す。

「おまえは暴漢に襲われるんだよ」

耳元に低い声で囁かれた。

「だからなにする気かって！　痛ぇよ！」

「今からもっと痛くしてやる」

低くボソボソ喋る声に得体の知れない恐怖を感じる。力も恐ろしく強い。この男はたぶん主人の供侍《ともざむらい》、用心棒的な役割の者だろう。

「松葉に頼まれたのか？」

「知らぬな」

正直に答えるわけもない。

振り袖に前結びの帯ではかなり動きにくいが、下駄はそっと脱ぎ捨てた。どんな痛い目かはわからないが、ただやられてやるつもりはない。頭巾の一つも剝ぎ取ってやる。

そんな気概を持っていたのだが――。

主人の男が提灯の中の火を枯れ枝に移し、顔に近づけてきた。顔周りが明るくなり、熱を感じる。

「火傷の痕《あと》がいいか。ずっと残るし、醜《みにく》い。なに、ほんの少しだ。先程のように暴れると手が滑るかもしれぬ」

「やめろ……」

頰に熱を感じてビクッと避ける。

「動くなと言っておろう」

チリッと髪が燃えたかもしれない。嫌な匂いがした。

やっと伸びてきた髪なのに……。

そんなことに憤《いきどお》りを感じる。今まで一度も髪を大事に思ったことなどなかったのだが。

「ふざっけんな」

とにかく腹が立つ。命じたであろう松葉にも、その機嫌を取るためにこんなことをする馬鹿な侍にも。

「男ならサシで勝負しろ！　付け火なんて卑《いや》しいことしてんじゃねえ！」

次郎は後ろに身体を預けるようにして地面を蹴り、浮いた足で目の前の男を蹴り飛ばした。

後ろの男が揺るがなかったおかげで、きれいに急所に蹴りが決まる。

「わ、若⁉　てめえ！」

主人が股間《こかん》を押さえてうずくまると、後ろの男の力が一瞬緩んだ。その隙を逃さず次郎はするりと抜け出したが、そこに提灯を持っていた男が脇差しを抜いて襲いかかってくる。

「確かに付け火なんざ下衆《げす》のすることだ」

低く抑えた声が聞こえ、襲いかかってこようとした男がもんどり打って倒れた。

「刀を抜く価値もない」

暗がりから信之介が現れる。どうやら脇差し男を背後から蹴り飛ばしたらしい。

「信さん……」

その姿を見た途端ホッと力が抜けた。しかし安堵《あんど》するのはまだ早い。

「刀なしで私に勝とうというか」

さっきまで主人を気遣っていた男が、新たな敵の登場に目を輝かせて前に出てきた。へなちょこの主人よりも、腕の立ちそうな男と交えることの方が大事、という考え方は次郎も納得できる。

「下衆を斬って刀の手入れをするのは面倒だ」

信之介の全身から不機嫌の空気が発せられていた。

信之介は次郎をちらっと見て、稲荷の方へ視線をやる。次郎は言わんとしていることを察し、社の床下から木刀を取り出して、突き刺す勢いで投げた。

信之介がなんなく受け取ったのを見て、最初に会った時に箒を投げたことを思い出した。

そういえばあの後、刀の刃が欠けたと信之介はブチブチ文句を言っていた。まさかだから刀を使わないのか。

呆れつつ、次郎も自分の木刀を構える。

主人はまだうずくまっていたが、信之介が蹴り飛ばした提灯持ちは、すでに立ち上がって刀を構えていた。

力量からいって提灯持ちの方が次郎の相手。すでに提灯は地面に落ちて周囲は真っ暗だ。闇に目は慣れていたが、刀の鈍い光は正直怖かった。真剣を相手に木刀で戦ったことはない。

斬りかかってくるのを避け、刀を木刀で払う。素早く胴を打ち払ったが、次郎の打突には重さがなく、大きな痛手を与えられない。

信之介の方を気にする余裕などなかった。自分の敵と対峙《たいじ》するので精一杯。腕では絶対に負けてないが、真剣への恐怖が捨てきれない。

大して動いたわけでもないのに息が上がっている。

横へ動こうとして、なにかに躓《つまず》いた。それは自分が脱ぎ捨てた下駄だった。

まずい――。

身体は横に流れ、右膝を突いて振《ふ》り仰《あお》げば、自分に向かって振り下ろされる刃がやけにゆっくりと見えた。気持ちは焦るが動けない。

覚悟して、ぎゅっと目を瞑った。

その瞬間、身体がなにかに包み込まれ、ハッと目を開ければ鋼のぶつかる音がした。目の前で火花が散る。

「クソ、抜いちまった」

頭上で悔しげな声が吐かれ、その腕にぎゅっと抱きしめられる。とっさに抜いたのであろう刀が自分を護ってくれていた。少しでも遅れていれば、刃がこの身を斬り裂いていたに違いない。

ゾッとして、無意識に信之介の着物の胸元を握りしめる。

相手が一歩退き、信之介は刃先で牽制《けんせい》しながら、次郎から手を離すことなく立ち上がった。対峙すれば、この男に信之介が負けることはないとわかった。

「退くぞ！」

撤退の声がかかり、提灯持ちの男は明らかに安堵したようだった。主人を引きずるように走り去る男の右腕は、不自然にだらんと下がっている。

「あの男の腕……」

「たぶん骨が折れている。とどめを刺す前におまえが転んで、あいつは命拾いした」

「ごめんなさい……刀を抜かせてしまって。刃は欠けなかった？」

自分の身ひとつ満足に護れなかった悔しさ。そして信之介の邪魔をしてしまった腑甲斐《ふがい》なさ。謝って歯を食いしばる。

「ん？　ああ……おまえに怪我《けが》がなければ、他は些末《さまつ》なことだ」

「……あ、ありがとう」

次郎は信之介の腕の中に収まったまま、小さな声で礼を言った。

「なんだ？　しおらしくて可愛いじゃないか」

ククッと笑われて、むっと目の前の胸を突き離した。

「修行が足りなかったと反省したんだ。今度から木刀じゃなく刀で相手してくれ」

立ち上がって、なんとなく信之介の顔から目を逸《そ》らし、そう申し出る。

「それは無理だな。怪我をしたら大変だ」

信之介は次郎の頬に手をやり、柔らかな肉を指でつつく。

「しない！　俺は真剣に慣れてなくて……怖いと思ってしまった。こんなんじゃ駄目だ」

次郎はその手を払うこともせずにうつむき、拳を握りしめる。

「怖くていい。刀を抜かれたら逃げろ」

そんな次郎を見つめる信之介の目はとても優しかった。

「そんなの嫌だ！　じゃ、じゃあ……十六文出すから！」

次郎はグッと眉を寄せ、思い切った譲歩を提示する。倍額なんて次郎にしてみれば破格だ。

「おまえな……。いや面白いが。違うだろ」

クスクス笑いながら信之介は次郎の身体を抱きしめた。

「俺はおまえに刀を向けるなんてできない」

「なぜ？　稽古だぞ」

「稽古でも怪我をさせてしまうかもしれない。この顔に少しでも傷を入れたら、俺は一生後悔する」

間近にじっと顔を見つめられ、次郎は考える。

「顔……？」

ああそうか……と思い当たった。顔に傷なんか入れたら売り物にならない。自分は妓楼の大事な商品で、商品を護るのが信之介の仕事だ。

「そうだな。傷は、まずいよな」

信之介は松葉のことだって護った。それと同じだ……。

自分はいったい、なにをこんなにがっかりしているのだろう。

助けられるなんて屈辱的なことのはずなのに、信之介にはなぜかそれを感じなかった。

今までも危ないところを人に助けてもらったことはあったが、誰に助けられても悔しさが先に立って、素直に礼を言うことができなかった。孝蔵には余計なことをするな、と怒鳴《どな》ったことすらある。

なのに、信之介に護られるのは嫌じゃなかった。その腕の中で自分はまるで女子供のように安心してしまった。

こんなところで男に抱かれる心得《こころえ》など教わっているものだから、心まで女のように変わってしまったのだろうか。こんな着物を着ているから、護られることを当然と思うようになってしまったのでは……？

そんな考えに辿り着いて、ゾッとした。そういうふうに変わってしまうのは……それも自分で気づかぬうちに変わってしまうのは、暴漢に襲われるより、真剣を向けられることよりずっと恐ろしかった。

男の腕の中で安寧を感じるなど――。

変わることも受け入れるつもりでいたが、こんな情けない変化は許容できない。阻止するにはどうすればいいのか。

不安な気持ちのまま信之介を見れば、頼もしい笑みに受け止められ、胸が不自然なまでに高鳴った。ドキドキと強く速い拍動に、次郎は胸の病を疑う。

病も困る。女のようになってしまうのも困る。

自分がどんどん弱くなっていくようで、次郎は得体の知れない焦燥感《しょうそう》に駆られていた。

其の六

「どうだ、信之介。そろそろ言い寄られておるのではないか？」

広く大きな建物の中の、比較的狭い部屋。ここは表玄関から普通に歩いてきては辿り着けない。後の世に残る平面図にも記されてはいない、一部の人間しか知らぬ部屋。

「まだなにも。噂の蒔《ま》きようが足りないんじゃないのか？」

相手は上《あ》げ畳《だたみ》に座す貴人だが、信之介は臆《おく》するどころか少々喧嘩腰に言った。相手もそんなことを気にする様子はなく、閉じた扇を頬に当て、斜め上を見上げた。

「ふむ。困ったものだな。うつけは仕事も遅い、か。危機感が足りぬのか……尻に火を付けるかな。さっさとことを起こしてもらわねば、本当に病になってしまう」

「存分に暇を楽しんでおられる、と聞いたが？」

「だからだ。このままでは精を吸い尽くされてしまう。菱原ならなんぞ精のつく食べ物などあるのではないか」

「庶民はみんな粗食に耐えてるんだよ。身体が不調だというのなら、俺が診てやるぞ？」

信之介はニヤッと笑った。

「よい医者というのは、うまく人を葬《ほうむ》ると聞いた。おまえの医術、いかほどのものか」

男もニヤリと笑い返す。

「葬られるのは俺じゃないのか。この機に討たれてしまえば都合がよい、くらいに思ってるんだろう？」

「そのようなこと。思うておっても言う者はおらぬな」

「然《しか》り」

油断なく見交わす目がとてもよく似ていることを、本人たちは自覚していなかった。


次郎を襲った暴漢が、松葉の差し金であることは明らかだった。

松葉は知らぬ存ぜぬを通したが、状況的に間違いなく、信之介は頭巾男が差していた刀の鍔《つば》に、とある大名家の家紋が入っているのを見ていた。

その家紋を身につけることができる者は限られている。松葉に惚《ほ》れ込んでいる、大名家の放蕩《ほうとう》息子しか考えられなかった。

信之介の報告を聞き、楼主たちは処遇を検討したが、結局は松葉への口頭注意のみ。襲った男へのお咎《とが》めなどあろうはずもなかった。

「まあ、そうなるだろうと思ったけど」

廓の騒ぎで武士が処断されることなど稀だ。しかも今回は、結果的にこちらが傷を負わせただけに終わった。そして松葉は木の屋の稼ぎ頭。大概のことは大目に見てもらえる。

わかっていても次郎は収まらなかった。

顔を焼かれそうになり、なおかつ斬られかけたのだ。その上、信之介に護られて生じた変な感情に、ずっとモヤモヤさせられている。

すべて松葉が悪い。

「松葉、この卑怯者！　ここは遊廓でおまえは太夫だろう！　惚れた男を手に入れたいなら、てめえの手練手管でどうにかしやがれ。自信がないなら尻尾巻いて逃げ出せよ。人を使って俺の顔を傷つけても、おまえの勝ちにはならないんだからな！」

次郎は松葉の部屋に押しかけ、ことさら辛辣《しんらつ》な言葉をぶつけた。

嫌がらせだとかいじめだとか、遠回しだから苛々するのだ。正面切って挑んでくるなら受けて立つこともできる。

睨みつければ松葉の目が据《す》わった。

「わっちがおまえごときに負けるわけがありんせん！　わっちは……」

憎々しげに次郎を見つめていたその目が、不意に泣きそうに歪《ゆが》んだ。

「わっちは……人を好きになっても仕方がない……どうにもならない身の上なのでありんす。廓で生まれて母も知らず、普通なら若い衆になるところをあまりの可愛さに男娼にさせられ……わっちには、恋など遠い世界の夢物語なのでありんす」

よよ、と身も世もない風情《ふぜい》でそんなことを言われては、こっちがどうしていいのかわからなくなる。

松葉が廓育ちだとは知らなかった。遊女が産んだ子は、誰の子とは明かされず廓の子として育つ。男の子なら普通は妓楼の下働きをする若い衆になるのだが、あまりに可愛かったから、という言葉は自惚《うぬぼ》れではないだろう。若い衆と若衆では大きな違いがある。どっちが幸せかはわからないが、廓から出られないのは同じだ。

松葉は自分の恋を実らせたかったわけじゃない。実るとは端《はな》から思ってもいない。ただ目障りなものを排除したかっただけ。そのために手練手管で男を動かした。

廓育ちであればそれもわからないではないのだけど……。

「だからって人の顔に傷をつけていいわけあるか！　廓育ちなら尚のことそれが命取りだってわかるだろ！」

憐憫《れんびん》に流されかけて踏みとどまる。こっちは殺されかけたのだ。

すると松葉が口元を隠して「ちっ」と小さく舌打ちをした。弱々しい風情は同情を誘う芝居だ。いや、次郎の怒鳴り声を聞きつけて現れた信之介に向けたものだったのかもしれない。

松葉は開き直ったように顔を上げ、次郎を真っ直ぐに見据えた。

「顔に傷をつけてはならぬと思うなら、棒きれなど振り回すわけがない。おんしはいつまでも態度も言葉遣いも改めぬ。ここで生きていく気などないのでありんしょう。そのような覚悟で花魁になろうなんて……わっちは許しんせん」

男娼として遊廓にやって来ていながら、信之介と剣術の稽古などしている次郎の自由さが妬《ねた》ましかったのかもしれない。それが外の世界を知らぬ松葉の心をむしばみ、追い詰めていったのか。

でも同情はしない。憐《あわ》れむなんて、そんな上からの目線は持ち合わせていない。

「俺はここで生きていく。だけどなにもかも言いなりになる気はない。自分の頭で考えて、よしと思えば受け入れるし、否と思えばしない。そして絶対、おまえ以上の花魁になってみせる」

「やれるものならやってみなんし。おんしになびく男などおらぬ」

「やってやるさ。だから変な横やりは入れるな。勝負は正々堂々。おまえだって男だろ？」

突きつけるように言えば、松葉は一瞬ポカンとした。

「男を求められたことなど、生まれてこの方一度もありんせんが……ようござんしょう。わっちも男、受けて立つ、でありんす」

そう答えた松葉は微妙に嬉しそうに見えた。

確かに松葉に男を求める者などいないだろう。花魁の格好をしてしまえば、どこからどう見ても男には見えない。透き通るような美少女と妖艶な美女が同居して、抱いた男は必ず虜《とりこ》になると言われている。

きれいな顔をしていても男に見える次郎とでは、同じ美形でもまるで種類が違っていた。だから売り方も違っていて然るべきだと思うのだ。賛同者は今のところ信之介くらいのものだけど。

「そういうことだから、信さん。もう手を煩《わずら》わせるようなことはないと思う」

次郎は二人のやり取りを黙って聞いていた信之介に言った。

「信さん。わっちは……申し訳ございませんでした」

松葉は姿勢を正し、畳に指をついて深く頭を下げた。

「おい、俺にも謝れよ」

「嫌でありんす」

次郎にはぷいと顔を背ける。

「危ない目に遭わされたのは俺だ。斬られそうになったんだぞ⁉」

「わっちは斬れなどとは言っておりんせん。それに、信さんに護ってもらったのでしょう？ よかったじゃおせんか」

「いいわけあるか！」

胸ぐら摑んでぶん殴りたいところなのだが、松葉相手にそれをやると、弱い者いじめをしている気分になる。片膝を立てて凄んだが、松葉は殴られることなどないと高をくっているのか、まるで涼しい顔をしている。

「この性悪め」

「褒め言葉でありんすなあ」

打掛《うちかけ》の袖で口元を隠して笑う。やはりこいつは女だ、と次郎は思う。女は殴れない。そして口では勝てない。

「よかったじゃねえか、仲良しになって」

信之介は二人のやり取りを見て笑いを堪えている。

「どこが仲良し⁉」

「心外でありんす」

それぞれに顔を背けて険しい顔をする。信之介はしばらくそこで肩を震わせていた。

其の七

「あ、くすぐった……それ、嫌だ……」

次郎は滑らかに身を捩《よじ》らせる。

「こりゃ困ったな。敏感すぎる」

そう言う信之介の声は楽しげだった。次郎は信之介のあぐらを掻いた足の上にのせられて、胸を撫でられている。それだけといえばそれだけのこと。

「ちょ、もう……離して」

耐えきれず逃げ出そうとすれば、引き戻された。

「これくらいで音を上げていては、いつまでも松葉には勝てぬな」

そう言われると次郎は逃げ出すわけにいかなくなる。信之介は便利な切り札を手に入れていた。

「慣れろ。男に触られても感じているふりをするんだ。本当に感じて気をやっているようでは二流だ」

「慣れろって言われても……」

「感じなくなるまで俺が触ってやろう。ここも擦《こす》ってやるから」

「あ、や、そこは嫌！」

胸の先端を指で擦られると泣きたくなる。ビリッとして、ジンジンして、身体が熱くなる。気持ちいいのが嫌なのだ。

――覚悟が足りない。松葉のそんな声が聞こえた気がして、必死で耐えようとするが感じすぎてたまらない。

「いちいちそんなに感じてたら身が持たないぞ」

「ん、わかってる……わかって……あっ、や……」

こういう声はよく聞いた。いろんな部屋から漏れ聞こえてくる。見たこともある。あられもない声をみっともないと思っていたし、気持ちよさそうな顔をだらしないとも思っていた。だけど今の自分は、誰よりみっともなくてだらしない。

「嫌、だ……感じたくな……」

どうすればいいのか。慣れるではなく、感じずに済む方法を教えてほしい。

「おまえには気の毒だが、敏感なのはどうしようもないな」

「そんな……」

「相手を感じさせて手を出させないようにするしかない」

「わかった。する、奉仕する、から、……しないで、離してっ」

動転している次郎は、いつもの威勢が嘘のようにしおらしく可愛かったが、本人にそれを意識している余裕はなかった。無意識のまま初《うぶ》で可愛らしい痴態《ちたい》を演じる。

「奉仕は次の段階だ。まずは耐性をつけろ。こんなすべすべの肌……たいていの男は触りたがる」

「い、や、嫌っ……ぁ……、触るな、て……」

信之介は手を止めない。言った通りしつこく胸の粒を転がしてその先端を擦る。ビクビク震える身体を抱き留めて、嬉しそうな顔をしているのは次郎には見えない。

「艶路……」

耳の後ろに囁かれて、次郎はハッと我に返る。

そうだった。艶路なのだ。ここでの自分は次郎ではなく、艶路という商品。男に抱かれて、男を悦ばせて金をもらう、艶路という男娼だ。

覚悟は確かに足りなかったのかもしれない。松葉には啖呵《たんか》を切ったが、しょせん商家の次男坊の覚悟。目一杯覚悟したつもりでも足りていなかったのだろう。

床の中でも自分を保てると思っていた。抱かれるくらい、割り切ってしまえばどうってことない、と思っていた。なにも知らない子供だったのだ。

次郎のまま艶路になることはできないのかもしれない。自分の売り方は自分で考えるなんて偉そうに言ったが、今はまだ考えることもままならない。

耐えて、慣れて、それからだ。

信之介の手に翻弄《ほんろう》されながら、必死で自分を制しようとする。

「ん……、んっ……」

でもどうしようもない。焦《じ》れったくて気持ちよくて辛《つら》い。

徐々に身体は逃げを打ち、前のめりに丸くなっていく。すると信之介も前傾して、大きな胸に包み込まれた。腕の中にすっぽりはまると、そんな場合でもないのに妙な安心感を覚える。

ホッとしてしまうのは、助けてもらったことが影響しているのか。なにかが心に刻み込まれてしまったのか。

信之介の腕の中は心地いい。そう自覚したら、感じることがさらに居たたまれなくなった。

これは稽古だ、修行だ、鍛錬だ――。

必死で堪えている次郎のうなじに口づけが施される。その柔らかな感触に次郎はビクッと反応する。

「な、に……」

振り返ろうとしたが、信之介の顔が近すぎてできなかった。

「気にするな。ちょっと……誘われた」

「え？」

意味がわからず問い返したら、胸の粒をぎゅっと摘まれる。

「はっ……ぁ……」

身を強張《こわば》らせ、項垂《うなだ》れればまたうなじが信之介の眼前に無防備に晒《さら》される。

「悪い子だ、おまえは……」

信之介のつぶやきにチリッと胸が痛んだ。

いい子だなんて言われたことはないし、思ってもいないけど、自分なりによかれと思ってやっている。いつも自分を受け入れてくれる信之介に否定されるのは痛手が大きかった。

「なに、が？」

それでも改善すべく問いかける。声は少し震えていた。

「……いや、おまえは悪くない……。すまん。悪いのは俺だ」

そう言われても胸の痛みは取れなかった。どういう意味なのか教えてほしかったが、信之介は身体を離した。

「今日のところはこれで終わりだ」

「え、もう？」

いつもならもうあと半時は信之介の指導が続く。

「最初だからな。……俺もちょっと頭を冷やす」

信之介らしくもなく項垂れた風情でふらりと部屋を出て行ってしまった。

信之介の態度は不可解だったが、次郎は初めて知った肉体的な快感に打ちのめされていた。男に触られても今までは不快感しか覚えなかった。実は押し倒されて胸を舐められたことはあったが、気持ち悪くて間髪《かんはつ》を入れずに蹴り飛ばした。

なのに……ドキドキが止まらないのだ。それも決して嫌な感じではなくて……。

「どうしよう」

触られたところだけじゃなく、全身がジンジンと熱を持っているかのようだ。こういうのが「悪い子」なのだろうか。平然と受け流せるようになれば「いい子」になれるのだろうか。

そもそももう子供ではないのだが……。

元服こそしていないが、十六はもう大人《おとな》の歳。周囲の同い年はみな髷を結い、いっぱしの男の顔をしていた。次郎は忙しいからと後回しにされて、いっそ自分で前髪を落としてしまおうかと思っていたのだが、する必要がなくなってしまった。

女髪を結われるのは抵抗がある。松葉のように似合うとは思えない。

父はよく、おまえには前髪立ちのその髪型が似合っている、と言っていた。あの頃は元服させるのが面倒くさくて、そんなことを言ってごまかしているのだろうと思っていた。

今の自分を見たら父はなんと言うだろう。母は、兄は、姉は……。みんなどうしているだろうか。

あの頃に帰りたい。急に里心が込み上げてきた。でも、もう帰れないことはわかっている。帰りたいと思う家族があるだけでも自分は幸せなのだ。松葉のようにひとりきり帰る家もないという者もここには多い。

放任されあまりかまわれなかったので、甘やかされているという自覚はなかったが、確かに庇護《ひご》されていた。

遠い昔、兄に今日の信之介と同じような体勢であやしてもらったことを思い出す。もちろん胸を弄《いじ》られたわけもなく、物語りを聞きながら眠りに就いた。

もしかしたら自分は、寂しくて兄の代わりを信之介に求めているのではないだろうか……。そう思ったら途端に恥ずかしくなった。なにを甘ったれているのだろう。

はだけた胸元を正し、背筋を伸ばして座り直す。

もう独り立ちしたのだ。早くいろんなことを習得して、バリバリ稼いで、さっさとここを出て行く。

そのためにも苦手は克服しなくてはならない。と思って、自分で胸を弄ってみたのだが、信之介と同じようにしてみても同じようには感じなかった。いつもよりは敏感になっていて、感じることは感じるのだが、この程度なら声は出ないし耐えられる。

これは他人の手でないと駄目なのか。それとも信之介の手だったから、なのか……。どちらにせよ自分の手ではやっても無意味ということだろう。

ならば、別の不得手を減らそうと琴に手を伸ばした。三味線《しゃみせん》も小唄も、歌舞音曲《かぶおんぎょく》に関するものは大概苦手だ。筆はうまいと褒められるが、和歌俳句となるとあまりパッとしない。しかし、目指すは太夫。好きではなかった顔もここでは活かせる。顔以外の要素は努力でどうにかなる。頑張ればなんとかなるはず。

最初に楼主が言っていた半年までは、あと三月ほど。高給取りの太夫にならなくては、年季奉公短縮計画は初《しょ》っ端《ぱな》で頓挫《とんざ》することになる。

半年で太夫なんて狂気の沙汰《さた》だということは、次郎にもわかってきた。しかし、楼主がやれると踏んだのだからできないことではないはずだ。

「やってやる」

気合いを入れて琴を弾けば、色気のない音がして弦が切れた。次郎のやる気はとことん楽器と相性が悪かった。

翌日から信之介の艶技指南は、ごく普通に行われた。

次郎もいろいろと考えるのはやめて、上達することだけを目指した。一週間もすればなんとか快感を呑み込む術も身についてくる。

「嬉しいような寂しいような、だな」

「え？」

「いや」

信之介は独り言が増えた。それと、じっと次郎の顔を見ていることも……。見るのはきっと指導するためだと、次郎は居心地の悪さを感じながらも極力気にしないようにしていた。視線というのは意外に快感に直結するものだということも、信之介の視線から学んだ。

「そろそろ次の段階でいいんじゃない？　俺、けっこう慣れたと思う」

兄のことを思い出してから、信之介の膝の上にのるのが無性に恥ずかしくてならなくて、次の段階になって体勢が変わることを期待していた。

「ああそうだな。じゃあ後ろを広げるか」

「後ろ？」

「ここだ」

信之介の手が腰から下へ、尻《しり》の狭間《はざま》を撫でる。

「え？」

「知らないのか？　ここに男のマラを受け入れるんだ」

「え……ええ!?」

次郎は奥手だった。頭の中はいつだって剣術のことでいっぱいで、強くなりたいとそればかりを考えていた。同じ年頃の男たちが女のことを話していても、浮ついた奴らだと相手にしなかった。

「お尻に入れるのか？」

「そうだ。男にはそれしか穴がないだろう。おまえ、女の股《また》ぐらを見たことは？」

「ない」

「だろうな。女には受け入れるための穴があるが、男にはない。尻の穴はそのための穴じゃないから、広げて受け入れる準備をしなくてはならない」

「本気で尻の穴なんかに入れたいのか？」

「男というのは、とにかく穴に突っ込みたい生き物なんだよ。おまえも大人になればそう思うだろう」

「俺は大人だ」

「ああ、はいはい。とにかく、穴を広げる」

打ちのめされていた。どんどん追い打ちをかけられる。恥ずかしいことも屈辱的なことも、上には上がある。

「どうするの？」

「犬みたいに四《よ》つん這《ば》いになれ」

恥ずかしいことの上限はいったいどこにあるのだろう。

そういえば、そういう体勢を見たことがあると思い出す。妓楼に来てから何度か目にしたが、あまり深く考えていなかった。考えないようにしていたのかもしれない。

「それが嫌なら仰向けに寝て脚を広げろ」

信之介はこともなげに言う。どっちも嫌だが、きっとどっちもやらされるのだろう。

四つん這いになって信之介に尻を向ける。着物の裾をめくられ、腰巻きまで払われて尻がむき出しになった。

「可愛い尻だな。本当……悪い大人になった気分だ……」

「ま、松葉にもしたんだろ？」

「そうだな……。あいつはそういう意味では大人だったから」

「俺だって――」

「大人だな。はいはい。じゃあ駄々こねるなよ？」

「当たり前……はんっ」

指で撫でられて変な声が出た。慌てて口を塞ぐ。

揉《も》むようにされて眉が寄る。気持ち悪いというより、変な気分だった。なぜそんなことをされるのかわけがわからない。穴を広げるために解《ほぐ》そうとしているのだと理屈ではわかるのだが、気持ちがついていかない。

尻は突き出したまま、敷布につけた頭を両腕で抱え込む。なんで俺が、なんで俺が……と、頭の中を嘆きと疑問符とぶつけどころのない怒りがぐるぐる回っていた。

無になれ。なにも考えるな。自分に言い聞かせて頭の中を真っ白にする。すべて受け入れるしかないのだ。

「艶路、入れるぞ」

声を聞いて、うなずく。

入ってくるのは指。拒絶を必死に呑み込む。

「愛《いと》しい人の指だと思え、と言ったところで、そのような相手もおらんのだろう？」

優しい声で問われて、とっさに浮かんだのは入れている当人。それはきっと信之介の言う通り、そういう相手がいないからだろう。

「いる、のか？」

黙っていると信之介がそう訊いてきて、中の指が動いた。次郎は背筋を反らせる。

「いな、いない……あ、嫌だ……動かさな……で」

異物感は半端ではなく、中で動かれるのはどうしようもなく気持ち悪かった。

「いや、嫌だ……」

もう弱音は吐かないと決めていたのに、譫言《うわごと》のように口を突いて出る。

「それでいい。泣いてもいい」

信之介の声が優しくて泣きたくなった。

「泣くか……っ」

強くなるのだ。誰にも頼らない。甘えない。自分の力で生き抜くために……全部吸収する。

「意地を張ったり強がったりっていうのも、男心をそそるけどな。おまえにいいことはないと思うぞ」

中で指がうごめいて、腰が砕ける。それでも指の動きは止まらず、どんどん追い詰められる。泣け、くじけろ、と強要されているような気がした。実際そうなのかもしれない。

「う……くっ……」

我慢比べの様相を呈してきた。そうなると意地でも負けたくなくて、自然に力が入る。

「力を抜け」

と言われても、素直に言うことを聞く気になれなかった。

溜息が聞こえたと思ったら、頭を撫でられる。その手が耳の後ろを滑り、喉をくすぐられた。力はするっと抜け落ちたが、同時にむっとする。

「俺は、猫じゃねえ……」

「そう毛を逆立てるな。力を抜くのもおまえが習得すべきことのひとつだ。天顕流でいうなら、すり足あたりかな」

次郎が「できない」とは言えない言い方をしてくる。すり足は基本の足運びだ。それがで

きなくては話にならない。

「くっそ……」

従うのは悔しいが、逆らってもしょうがない。信之介は教えてくれているのだから。なんとか力を抜こうと呼吸を深くしてみる。

「おまえは……」

頑張る教え子を見て、信之介は呆れ顔で微笑んだ。

色っぽさとは無縁の格闘の末、なんとか力を抜くことができた。というより、力が入らなくなったというのが正しいかもしれない。

「次は張り型を入れるぞ」

「張り型……」

それが男根をかたどった物だということはなぜか知っていた。それをどこに入れるかも、もうわかる。

ひとつ終わるたびにものすごく疲れる。剣術の稽古では感じたことのない疲労だった。無性に木刀を振り回したい気分になる。

「張り型が嫌なら俺のを入れてやろうか?」

黙り込んだ次郎に、信之介がニヤリと笑って言った。冗談だとわかる言い方だったが、次郎は一瞬それを想像してしまった。さっきまで信之介の指を入れられていたところがキュッと締まって、自分の反応に恥ずかしくなる。

「なに言って……。ま、松葉の時も、したのか？」

声を潜めて訊く。別にそれが悪いわけではないのだが、なんとなく訊いてはいけないことのような気がした。しかし興味がある。

「さあ、どうだったか」

信之介はしらばっくれた。

したな……。次郎は心の中で確信する。

「すけべえ……」

次郎は横を向いてボソッとつぶやいた。軽蔑から出た声はなぜか、怒っているようにも、拗《す》ねているようにも聞こえた。

「すけべえ……じゃないとは言わねえけどな。遊廓のお客様はみなすけべえ様だ。そいつらと一戦交えて床惚れさせる。おまえにできるか？」

「できる。ていうか、する。そしてもちろん勝つ」

その決意は揺らがないのだが、信之介にけしかけられるとなんだか胸がもやもやする。やってやろうじゃねえか！　という気持ちの裏に、意気消沈している自分がいた。

最近、自分でも自分の気持ちがよくがわからない。

「信さんは女を抱いたこともあるよね？」

「まあな」

「じゃあさ、女より男がいいことってなに？　抱き心地は女の方がいいでしょ？」

「それはまあ、女は元々抱かれるようにできているから抱き心地がいいのは当然だろう。それでも男の方がいいという輩がいる。一概にどちらのどこがいいとは言えないな。好みの問題だろう」

「ふーん。信さんはどっちが好み？　男？　女？」

「俺は特にどちらということもない。女郎屋にいるといろいろと面倒なことになるからこっちにいるだけだ」

「なんだよ、もてるっていう自慢？　まあこっちでも面倒なことになってるけど」

松葉は相変わらず、というより、以前にも増して露骨に信之介に迫っている。他にも信之介に想いを寄せている者がいるのは知っているが、松葉を敵に回してまで、という者はいなかった。

「俺に惚れたってしょうがない。男とか女とか関係なく、俺は誰とも恋仲にはならんと決めている」

「なんで？　なんでそんな寂しいこと……」

信之介は時折、人生を諦めているかのような表情を見せる時がある。道場の師範より腕が立つほどなのに、妓楼の用心棒に収まり仕官する気もないという。窮屈を嫌っての行動かと思えば、自由を満喫しているようにも見えない。なにかに囚われている、そんな気がしてならなかった。

「人生というのはままならぬものよ。どうでもいいものは簡単に手に入るが、大事なものは手の中をすり抜けていく」

「もう諦めてしまったの？」

深く考えて問うたわけではなかった。諦めたのだとしても責めるつもりなどなかったのだが、信之介は苦しそうな顔になった。

「諦めるしかないこともある。諦めきれずとも、どうにもならないことがある」

「そう……。でも、未来まで諦めちゃうことはないんじゃないの？」

次郎としては当然の疑問だったのだが、信之介の表情はますます険しくなった。言われたくないことを言われた、という顔。

「そのようなこと……なにも知らぬ子供が生意気を言うな」

信之介は苛々とした様子で大人の逃げ口上を口にした。

「俺は子供じゃ、……ごめんなさい」

反射的に言い返そうとしたが、信之介の顔が辛そうに見えてやめた。子供ではないから、なんでも一刀両断にできるわけではないことくらいわかる。そして、自分の言葉が率直すぎて人を怒らせることがある、ということも知っていた。

「いや。俺も大人げなかった」

なんとなく気まずいままこの日の艶技指南は終わった。


この道で生きる覚悟が足りないことを思い知り、次郎は本気で考えた。

早く花魁になるためにはどうすればいいのか。

まず不要なのは剣術。その時間を苦手な歌舞音曲の修練に当てる。そして、松葉の座敷にできるだけ多く出て顔を売る。

きれいな新造がいると噂になれば、突出し《つきだ》の日も早まるに違いない。突出しとは新造が一人前になること。見込みがある者なら、派手なお披露目《ひろめ》の道中をさせてもらえる。

まずはそこに立たなくては話にならない。

「艶路、ほれ、紙だ」

「ああ、ありがとう、信さん」

「まだ帳簿をつけているのか？」

「それもつけてるけど、今は手習いにも使わせてもらってる。ほら、これはどう？　ぐっとくる？」

次郎は一枚の紙を信之介に突き出した。そこには次郎なりの色っぽい文が綴《つづ》られている。

「……意外に字はうまいな。そこには若干ぐっときたが、内容には少しも惹かれない」

「えー。どこが？」

「どこがって……全部」

「はああ？　こんなに恋しい恋しい書いてるのに？」

「本当におまえは情緒皆無だな。惚れた腫《は》れたより、斬った張ったがよく似合う。そういえば今朝《けさ》は来なかったが、なにか用でも言いつけられたか？」

「すみません、師匠。俺、しばらく剣術の稽古は休みにする。早く一人前の花魁になるために、その時間も使うことにした」

居住まいを正して頭を下げる。剣術と離れるのは辛い。それと同じくらい、あの場所でしか見られない信之介の表情が見られなくなるのが辛い。

「なんだ？　俺が真剣を使わないって言ったから拗ねてるのか？」

「違う！　真面目に……俺には覚悟が足りなかったってわかったんだ。だから花魁になるまで剣は封印する」

次郎としては真剣に決意を述べているつもりだったが、いまいち信之介には伝わっていないようで、怪訝《けげん》そうな顔をしている。

「鬱憤晴らしも必要なんじゃないか？」

「んなこと言ってたらいつまでも松葉に勝てねえんだよ。俺は男を虜にする魔性の花魁になるんだから」

言った途端に信之介が噴き出した。魔性魔性と笑いの合間に繰り返す。どうやら魔性がツボにはまったらしいが、失礼だ。

「そうか、そうか……実に残念だ。俺は魔性より、木刀振り回してるおまえの方が生き生きしていて好きだったんだが」

好きという言葉にドキッとしたが、そこに色っぽい意味合いはありそうにない。

「どうせ俺には無理だと思ってんだろ。信さんも俺の魔性の虜にしてやるからな。俺は未来を諦めない。借金完済したら免許皆伝もやる！　絶対だ」

睨みつけながら断言すれば、信之介は笑いを収めて次郎の顔をじっと見つめた。優しい顔をされると、どうにも落ち着かない気分になる。

「未来か……そうだな。楽しみにしている」

信之介はなぜか少し寂しげに言って、懐手《ふところで》に立ち去ろうとした。入れ違いに志野が部屋に入ってきて、袖擦《す》り合う。その時、信之介の袂《たもと》からなにかが落ちた。

「信さん、なにか落としたよ。これって簪？　うわあ、すごい凝《こ》ってるなあ」

次郎はそれを拾って繁々《しげしげ》と見る。珊瑚《さんご》の花に銀の鈴。細工は精密で、簪にはまったく興味がない次郎も、一目で高価な物だとわかった。

「ん？　この裏の地金の部分に入っている文様って……」

何気なく裏返してみると、家紋のような文様が入っていた。どこかで見たような気がする。

じっと見ていると、取り上げられた。

「今見たものは忘れろ」

「見たものって、家紋のこと？」

「そうだ。おまえもな、志野」

「あい」

信之介は念を押して去っていった。

「艶路、すごい物を見てしまったね。あれは信之介様の秘密だよっ」

信之介の姿が遠ざかってから、志野は興奮したように言った。そういえばこの男も信之介信者であったと思い出す。

「なに？　秘密？」

「艶路は知らないのかい？　あの家紋がどの家のものか」

「知らない」

「そう。じゃあ知らない方がいいよ」

「そんなことを言われたら気になるだろ。あれはなんなんだ？」

「あれは……将軍家のご家紋だよ」

小声で耳打ちされて、正直ひっくり返るかというくらい驚いた。

「しょ、しょ、将軍家⁉　……え、似たような感じのじゃないの？」

「間違いないよ。それに、そうじゃなきゃ口止めなんてしないでしょう」

信之介が簪を持っているというだけでもおかしなことなのに、将軍家の家紋入りだという。どういうことなのか。信之介はまったく得体が知れない。しかし、そういえば前に春長公と将軍の名を口にしているのを聞いたことがあった。

その辺りが信之介から自由を奪っているものの正体なのかもしれない。具体的なことはまったく予想すらできないが、「諦めきれずともどうにもならない」ことが、お上に関することだというのなら納得できる。

あの簪は誰の物なのだろう。ただ持ち主は間違いなく、女だ。

信之介を捕らえて離さない、信之介に独りで生きることを決意させるほどの女がいる。それも将軍家に連なる高貴な人。

遊女が太刀打ちできるわけもない。女でさえない自分は比べる対象にもならない。

そんなことを考えて、はたと我に返る。なにを考えているのか。それではまるで競いたいかのようではないか。

違う。自分はただ信之介に自由になってほしいだけ。あれほどの剣豪が埋もれてしまうのはもったいないから、なんとかその呪縛《じゅばく》から解放できないものかと思っただけで、他意はない。

しかしそれも信之介には余計なお世話に違いなかった。そんな女は忘れて新しい恋をした方がいい、なんて言ったら、子供が生意気にと、また怒らせてしまうだろう。

信之介にとって自分は、子供で男で、弟子《でし》で商品。そういう存在だ。それだけだ。

「あ、あのさ、艶路。信之介様って……腕に火傷の痕がない？」

志野がまた声を潜めて訊いてくる。

「火傷？　いや、俺は見たことないけど。火傷の痕がどうかしたのか？」

「ん、いや、見たって人がいて。どうなのかなって思っただけ」

なんだか少々挙動不審だ。信之介のことに興味があるのは、恋心故なのか。

この妓楼で表立って信之介に恋してるなんて言う人間はいない。松葉の恋敵に立候補しようなんて骨のある輩はいないし、そうじゃなくても廓にいる者にとって、本気の恋なんて身の破滅を招くだけのものだ。

ちやほやと話題にして、恋をしているような気分になって……そういうのにちょうどいい存在なのかもしれない、信之介は。

「志野さんは男が好きなの？」

男が好きだから男娼になった、という者はたぶん少ないだろう。それでも、男の相手をして男に抱かれることが当然という環境にいると自然にそうなってしまうのか。志野だってまだ水揚《みずあ》げ前の身なのだが。

かくいう自分も信之介にドキドキしたことが少なからずある。しかし断じて恋ではない。

「え? あ、そうだね……好き、かな……」

志野は恥じらうように言った。その曖昧《あいまい》さが却って真実味を増して、共感を覚えてしまう。

好き、かもしれない……。

一度そう考えてみたら、どんどんそうかもしれない……という気がしてくる。

いや、慕っているだけだ。尊敬している。それは強いから。腕が立つから。護ってもらったから……。

いやいや、兄のように慕っているのかもしれない。元々自分は甘ったれの末っ子ではないか。寂しくて誰かに頼りたくなっているだけだ。

それはそれで情けないが、恋でなければなんでもいいというように理由をつける。

男に助けられてよろめいているなんて、そんなのは認めたくない。護られるより、護る人になりたい。男なのだから。

とはいえ、独り立ちのためには男らしさとは逆方向に頑張らなくてはならない。矛盾を感じずにいられないが、まずは目の前の壁を打破することに全力を尽くす。

「志野さん、唄を教えてくれ、でありんす」

「あい、ようおざんすよ」

どうやら人生にはどうにもならないこともあるようだと、早速次郎は唄の稽古で教えられた。

真っ赤な繻袢にだらんと下がった前帯。髪は分けた前髪を残して、後ろでひとまとめにした。脇の髪が頬にかかるようにするのが色っぽいらしい。畳に三つ指を突いて、その頭をしっとりと下げる。

「お師匠、今日もよろしくでありんす」

ゆっくりと顔を上げた次郎は、驚いた顔の信之介を見てニヤッと笑った。その得意げな子供の表情に、信之介の表情が緩む。

「へえ。今までは剣術の礼という感じだったが、ちょっと色っぽいじゃないか」

「だろ？　おうめさんに初めて合格点をもらったんだ」

「ま、喋れば台無しだがな」

「喋り方も今習得中だ。完璧になって俺は男を騙しまくる！　……まあ、唄と琴はいまいちだけど。手練手管で補うつもりだから今日もよろしくお願いします」

にっこり微笑んだが、心はまったく乗り気にはなれていなかった。

「いろいろ頑張っているようだが、そろそろ木刀を振り回したくなってきたんじゃないか？」

「それは……いやいや、今は集中なんだよ。花魁に全力を使うんだ。余計なこと言うな」

キッと信之介を睨みつける。

「そういう顔の方がおまえらしいがな」

信之介は笑って次郎の頭を撫でた。その手を嬉しく感じてしまって、次郎は慌てて払いのける。

「さ、さっさと始めるでありんす」

今から開く襟元を整えて座り直した。

「おまえの前向きさが……俺はちょっと恨めしいよ」

「俺だってちっともやりたくないけど、やるしかないからやるんだ。それが未来を開く唯一の方法なんだから」

「そうだな」

しかしながら、始まるとどんどん意気地《いくじ》が萎えていくのも、いつものこと。

「本当に、本当にそれ、入れるの？」

「これくらいでそんな顔か？　狙ってるなら大したもんだが」

「ね、狙ってるんだよ。それくらい……全然、平気だ」

信之介が手に持っているのは、一見したところ美しい輝きを放つ工芸品に見える。が、それは漆塗《うるし》りの張り型。太さは確かにそれほどでもないのかもしれないが、初心者にはかなりふてぶてしい代物に見えた。

怖くてならないが怖いとも言えず、顔を隠すように布団の上に四つん這いになって、尻を信之介に向けた。通過儀礼だと自分に言い聞かせ、ぎゅっと目を閉じる。

ガチガチで待っていると、腰に腕が巻き付いた。そのままくるりとひっくり返され、仰向けに転がる。髪は横になびき、赤い襦袢の裾が広がってすんなり伸びた二本の脚が露《あらわ》になった。

「な、に?」

次郎は驚いて信之介を見上げる。

「今日は体位を変える」

「でも、これは……なんか……」

異様に恥ずかしい。

四つん這いももちろん恥ずかしかった。しかし、信之介の顔は見えなかった。だからこれは義務なのだ、教わっているのだと割り切ることができた。しかし顔が見えると……割り切るのが難しくなる。

「顔が見える体位を好む輩は多い」

「し、信さんも?」

「そうだな、俺も……顔は見たい」

「そ、そう……」

じっと見つめられて目を逸らす。

変なことを訊かなければよかった。想像してしまった。信之介はこうして女を抱くのだ、女はこんなふうに信之介を見上げているのだ、などと。信之介が男前なのがなぜだか辛い。

「接吻《せっぷん》は、相手がしたがればさせてやれ。おまえからする必要はない」

「じゃあ、稽古はしない？」

「そうだな、必要ないだろう」

そう言われて少しばかり落胆している自分を認めたくない。

接吻は好き同士がするもの、という気がする。以前、姉がしているのを見たことがあった。唇を合わせた後、姉はとても幸せそうな顔で相手の男を見つめていた。

幼馴染みの二人は本当に仲が良くて、引き裂きたくなかった。自分なら想い人もいないし、男だし、男に抱かれる気持ち悪さを我慢すればいいだけだと思った。

なのに、こんなところでこんなふうに心が動くなんて——。

松葉はどんな気持ちで男に抱かれているのだろう。覚悟というのはいったいどうやったら固められるのだろう。

接吻の必要がないというだけでこんなに気持ちが揺らぐ自分が情けなかった。

「やっぱり俺、四つん這いの方が……」

揺れる心が顔に出てしまいそうで、見られたくなくて逃げをうつ。

「慣れろ」

しかし信之介はにべもなかった。襟元から手を入れられて胸を弄られる。

「んぁっ」

そっちに来るとは思っていなくて、反射的に声が出た。

見下ろしてくる信之介の無言の視線に、「え、演技だ」と苦しい言い訳をする。そして、さあ来いとばかりに拳を握って横を向いた。

「力を抜けと言っているだろう」

早速の駄目出しは、囁くように耳元をくすぐった。手は股間へと滑り、前を握られる。

「あ、なん……後ろ、だろ？」

覚悟の裏ばかりかかれて、次郎は真っ赤になって抗議する。

「後ろだけ触る男などほとんどいない。おまえのこれは可愛らしいし……」

「ど、どういう……変、なのか？」

そういえば、目にする他の男のものはもっと大きかったかもしれない。形もちょっと違っていた気がする。

「変ではない。……可愛いだけだ」

可愛いというのがどういうことなのかよくわからないが、変でないのならいい。

「ここは明らかにまだ子供だな」

続けて言われた言葉で、安堵は怒りに変わった。

発育が遅いのは全体的にそうだ。顔も体つきも同い年の孝蔵とはまるで違っていた。

「そんなの、俺のせいじゃな……っ」

「わかっている。別に悪いことじゃない。今だけしかない危うさは武器になる。今この時を目に焼き付けて……できれば誰にも……」

子供の部分を激しく擦られて、次郎は反射的に逃げを打つ。しかし大きな身体に阻《はば》まれ、力で押さえ込まれれば、もうなにもできない。

内腿《うちもも》が引きつり、ピンと伸びた脚の丸くなった爪先で布団を引っ搔いた。

「やっ、あ、あ、……やだ、やだ、なに……、あ、出ちゃう……」

信之介の着物の胸元をぎゅっと握りしめ、必死に力を入れて堪える。

「出していいぞ」

「いやだっ」

出しては駄目だと思った。そんな粗相をするわけにいかない。

脚を動かして信之介の手を排除しようとする。

「こら」

「だって……」

「出していいと言ってるだろう。人にしてもらったことは……ないか。まさか自分でもしたことがない、とか？」

なにを言っているのだろうと思う。こんなことを自分でするはずがない。

次郎は奥手で、性的なことに関しては完全に守りに入っていた。外に開くことが恐ろしく、必要な情報も、有益な情報さえもすべて遮断してきた。

だから次郎が出ると思っているのは小水のことだ。

「おいおい……よくもまあそれで男娼になろうなどと……いや、知らないからよかったのか」

信之介がブツブツ言っているのは耳に入っていなかった。自分との戦い、信之介の手との戦いに集中していた。しかしたぶんこれは負け戦になる。

信之介の手の動きが艶《なま》めかしくも激しくなり、次郎の抵抗はあっけなく潰《つい》えた。

「あ、やっ、出、出ちゃう……あ、あ……」

容赦なく追い立てられて秘所から迸《ほとばし》ったものは次郎の赤い襦袢を汚した。

「な、に……なにが出た……？」

その白くどろりとしたものに次郎は困惑する。病気ではないかと本気で疑った。

「これは子種《こだね》だ。女の腹に入れれば子ができる。それも知らなかったか？」

「え？　いや、知ってた、けど……」

ひどく幼く曖昧な知識だったのだ。女の穴に挿入して擦れば子ができると思っていた。

「本当に……運がよかったんだかなんだか……。神のご加護《かご》があったのだな、おまえは」

「遊廓に身売りした奴にそういうこと言う？　まあ……確かにそれまでは運はいい方だったと思うけど……」

商人の分際で剣術道場に通うことができた。食うに困ることもなかった。それだけでもこの時代、相当運のよいことだ。もっと凜々《りり》しい顔に生まれたかった、できれば武士の子に生まれたかった、などと欲を言えばキリはないが、恵まれていた方だろう。

「俺に手ほどきしてもらえるのも、相当運がいい」

「自分で言う？」

「おまえは言ってくれそうにないからな。今日はまあ、これまでにするか。なんだかもう予想以上の初さに毒気を抜かれたというか、罪悪感が増したというか……やる気が萎えた」

「え？　え？　なんで……俺がなにか悪かった？」

「悪くねえよ、まったく。それどころか……。俺も運がいいのか、悪いのか……」

ボソボソ言いながら信之介は張り型を持って帰っていった。

入れられなかったことにはホッとしたが、進まなかったことには歯がゆさも覚える。

汚れた襦袢を見て、自分がどんどん汚れていっているような気がした。

信之介の手で汚されていく。それは、運がいいのか悪いのか……。

答えは見つからず、ただ重い溜息が漏れた。

脇坂は松葉に執心で足繁く通ってくるのだが、松葉が他の客の相手をしていると必ず次郎を代わりに呼んだ。

偉い役人のくせに菱原通いとは堕落もいいところ。贅沢禁止が言い渡されている今日では、この遊蕩は罪といってもいいだろう。

「脇坂様、大丈夫なんですか？　今の将軍様になって、お役人様は大変なのでございましょう？」

「心配してくれるのか？　なに、私にはこれも仕事のうちなのだよ」

「仕事？」

訝《いぶか》しい顔をすれば脇坂は不敵に笑った。打ち解けるとわりと気軽に話ができる人だとわかった。ただなにかよくわからない凄みがある。目つきが鋭いのだ。奉行とはみなそんなものなのだろうか。

「それより最近、この辺りで面白いことはなかったか？　乱闘騒ぎとか」

「乱闘？　いえ、特には」

自分が襲われたことを言っているのかと思ったが、それはまったく面白いことではなかった。そもそも松葉が嫉妬で仕組んだことを松葉の旦那に言うわけにはいかない。

「そうか。では、私のように遊び倒している役人を他に知らぬか？　同盟を組みたいのだが」

「それもわたくしは存じ上げませぬ。お座敷にあまり呼ばれないものですから」

自分を指名する物好きは脇坂くらいのものだ。囲碁将棋《いごしょうぎ》の相手ならできるが、宴席では歌舞音曲の達者な者がもてはやされる。やっと琴が聴くに耐える程度になったという腕前では、なかなか声もかからない。

「そうか。しかしおまえには不思議な魅力がある。頑張りなさい」

「ありがとうでありんす」

脇坂は松葉の前では目の光が少し優しくなる。どうやら松葉が可愛くてならないようだ。

「脇坂様って、何者？」

翌日、松葉の身の回りのことをしながら訊ねてみた。

「町奉行だと教えたでありんしょう」

「うん、それは聞いたけど。なーんか、おかしくない？」

「脇坂様は無体なことも言わず、金払いがよく、騒ぐだけで帰っていかれるありがたい御仁だ。おかしいなどと言ってご機嫌を損ねるんじゃないよ」

松葉に釘《くぎ》を刺される。

「あいあい。でもなんか、違うんだよなあ……」

他の客とはなにかが違う。

「おまえはいい目をしてる」

ぬっと現れた信之介に褒められた。それはすなわち次郎の見立ては正しいということだ。

「わ、わっちだって、なにかおかしいとは思っておりんした。しかし旦那様をそのようには……」

髪を結っていた松葉は信之介が現れた途端、次郎に対抗意識を燃やす。

「おまえは素晴らしい花魁だよ、松葉」

信之介は笑顔でいなした。

「そういえば、脇坂様は南総一刀流の使い手とか。信さんは南総一刀流は修めておられるのか？」

武のことを問う時は、武の物腰になってしまう。

「いや。あれには手を出しておらぬ。脇坂様は相当の手練《てだ》れだ」

「やはり。隙のないお方だと。脇坂様は信さんより強い？」

「それはどうか……」

信之介の眉間に深い皺が刻まれた。軽い気持ちで訊いたのだが、思いがけず信之介には重大事だったようだ。剣豪同士負けられぬ気持ちがあるのか。

「でも、そういう人でも菱原通いとかするんだな……。なんか似合わないっていうか」

違和感を覚えるのだ。結局のところ脇坂はなにかおかしい。

「おまえ、やっぱり鋭いな」

「え？」

信之介がボソッと言った言葉が聞き取れなかったのだが、

「通われるのは、わっちの魅力でありんす」

松葉の言葉を聞いたらどうでもよくなった。

「捕まるようなことにならなきゃいいけど……」

それだけが心配だ。

将軍が奢侈禁止令を出したのは、財政危機を乗り切るためらしいが、菱原にとってそれは死活問題だ。現将軍に批判的な者は多く、だから目に余る武士の放蕩があっても、お上に届けるなんてことはしない。

しかし、将軍が病に倒れたという噂が出回ってから、一時は遊びを控えていた者も徐々に戻ってきている。その中には遊ぶ金欲しさに、賄賂《わいろ》や付届《つけとど》けを強要したり、領民から不当に年貢を取り立てたりしている者もいるらしい。

こつこつ地道に頑張っている者が泣きを見るような世の中はよくない。

だから、脇坂にはまっとうな役人であってほしいと願う。腐った役人であれば、たとえ上得意客でも糾弾《きゅうだん》すべきだと思うから。

その見分けが自分にはつかないのが、幸か不幸か――。

「脇坂様は大丈夫でありんす」

松葉はなぜか自信満々にそう断言した。おかしいという意見には同意したくせに。

「さすが太夫は人を見る目がある」

信之介に褒められて、松葉は乙女のような笑顔を見せた。


木刀を握らなくなって十日ほど。代わりに男の一物《いちもつ》を握った。無論、信之介のものだ。

この世界にずぶずぶとはまっていっている自分を、過去の自分が悲しそうに見つめる。

過去に戻ることはできない。でも、道が閉ざされたわけではない。これはちょっとした回り道だ。精神の鍛錬だ。

そう自分に言い聞かせて、一歩一歩進んできたのだが――。

いきなり目の前に過去が現れると途端に後ろめたくなった。いけないことに突き進んでいる疚《やま》しさを、前向きだと言い訳しているだけのような気がしてきて、自分に嫌悪感を覚える。

「久しぶりだな、次郎」

「孝蔵……どうしてここに？」

この場所では一番会いたくなかった相手かもしれない。

「捜したんだ。すごく。お兄さんは次郎がどこに行ったのかも教えてくれなくて」

それは兄の慈悲だったのではないか。なぜそこで諦めてくれなかったのか。会いに来るなんてむごいことだとは思わなかったのか。

「なんで捜したんだ……。俺はおまえには見られたくなかったよ」

ほんの数ヶ月会わなかっただけなのに、孝蔵は一気に大人びて男っぽくなった。同い年の幼馴染み。ずっと一緒だったからこそ、今の違いに胸が痛む。

自分の進みたかった道がそこに見える。眩しくて羨ましくて……妬みたくなんてないのに、妬ましくて自分が嫌になる。ひどく惨《みじ》めだ。

「ごめん。でもおまえ、急にいなくなって。俺はどうしても、どうしても会いたくて……」

「急だったのは、ごめん。だけど俺も、あの日に売られることになるとは思ってなかったんだ」

新造を捜すのはかなり大変だったはずだ。格子の中に並んでいれば、見て歩けばいいだけだが、新造はお使いなど雑用でしか外には出ない。お座敷も花魁の補佐として出るだけ。妓楼を訊ね歩いたところで、昔の知り合いなど会わせてはもらえない。里心がついては困るから。

「わかっている。おまえは会いたくないだろうな、とも思った。でも、なにをやっても身が入らなくて……ごめん」

「じゃあ、これで満足だろう。おまえはおまえの場所に帰れ」

兄のことや家のこと、訊きたいことはたくさんあったが、追い返すことが先決だった。真面目一徹な孝蔵にこんな場所は似合わない。

それに、朱に辛子《からし》色の小菊模様などという、明らかに女物の着物を着たところなんて見られたくなかった。髪はいつものようにひとまとめにしていて、だらしなくはないはずだが、月代《さかやき》を剃って髷を結っている孝蔵と比べれば、ひどくだらしないような気がした。

今は昼見世と夜見世の間の時間。本当なら信之介に指導を受けている時間だが、用事があると休みになってしまったのだ。それで表の掃除を言い渡され、出てきたところで昔の名を呼ばれた。

八つ当たりだが、信之介を恨みたくなる。

「少しだけ話をさせてくれ。頼む」

一歩も退《ひ》かぬ顔で言われ、次郎は溜息をついた。いつもは次郎のわがままをなんでも聞いてくれる孝蔵だが、こうなるとてこでも動かないのだと知っている。

「わかった。でもここはまずいから……こっちに」

箒を置いて見世の前から離れた。行くところといっても、いつもの稲荷の裏くらいしか思いつかない。そこに辿り着くと、十日ほどしか経っていないにもかかわらず、懐かしい気持ちになった。社の下にはまだちゃんと木刀がある。

思わず手に取ると、孝蔵が笑った。

「よかった。次郎は相変わらずみたいで」

「あ、うん」

今は封印して、男を落とす手練手管の習得に励んでいる、なんてことは言えなかった。

「久しぶりに、ちょっとだけ手合わせしてくれるか？」

そんな孝蔵の申し出にも否と言うことはできず。というより、正直嬉しくて誘いに乗った。

木刀が手に馴染む。正眼に構えると、心からスッと余計なものが削《そ》ぎ落とされる感じがした。

気持ちいい。

ただ剣を構えて対峙しているだけで、どうしてこうも気持ちが落ち着くのか。硬い木と木がぶつかって反発する。カンカンと音がするたびに気分は高揚していき、手の痺《しび》れに心《しん》の臓《ぞう》まで震える。

剣を持つと途端に動きが鋭くなる孝蔵。打ち込んでくるのを躱し、手首を打って剣を落とさせるのが次郎の得意技。しかしスッと躱されて、逆に手首を打たれてしまった。

カランと次郎の手から木刀が落ちる。

「すまん、大丈夫か？」

孝蔵が人のいい顔に戻って次郎の手首を摑んだ。そして眉根を寄せる。

「次郎、痩《や》せたな。稽古もあまりできないんだろう？　動きにまったく切れがない」

孝蔵に摑まれた自分の手はまるで女の手みたいに見えた。袖の端から桜の入れ墨がかすかに覗いているのに気づき、慌てて手を引いて後ろで組む。

痩せたのは、筋肉が落ちたから。動きが鈍いのは、ゆっくり、はんなりなんてことばかりやっていたのだから当然だ。

ある意味進歩なのだが、孝蔵にはそうは思えないだろう。

「確かに鈍ってるけど、今はしょうがないんだ。でもな、ここを出る頃にはおまえを打ち負かすくらいになってるかもしれないぞ。すごく腕の立つ師匠がいるんだ」

「師匠？　ここに？」

「うん。廓の用心棒の人なんだけど、たぶんうちの道場の師範よりも強いぞ」

「そんな人がここに？　見る目が鈍ってるんじゃないのか？　こんなところでちょっと腕の立つ人を見たから……」

孝蔵はまるで信じていない顔だった。疑われたことにむっとするが、信じられないのも無理はない。廓の用心棒なんて、仕官できずにくすぶっている浪人の行き着くところ。次郎だって信之介を見るまでは、あまりいい印象を持っていなかった。

「おまえも見ればわかるよ。油断してると、こんな女みたいのに負けちまうぞ？」

次郎は冗談めかして言ったが、孝蔵はきつく眉根を寄せた。

「次郎……」

悲しげで苦しげな眼差し。同情、憐憫。そんな感情を向けられるのは悔しかったが、それが孝蔵の優しさ故だと自分にはわかる。だから、心配しなくていいのだと言おうとした。しかし口を開くより前に、孝蔵の瞳になにか決意のようなものが宿り、両肩を強く握られた。

「次郎、俺はまだなんの力もないし、金もない。でもいつか必ずおまえをここから出す。絶対にだ」

「は？　なに言ってんだ、馬鹿だな。俺のことはいいんだよ。自分のことを頑張れ」

正直、面食らってしまった。まさかそんなことを言い出すとは思いもしなかった。

「俺はおまえがいないと嫌なんだ、駄目なんだ。俺に身請《みう》けさせてくれ」

ぎゅっと抱きしめられて焦る。

「み、身請けって⁉　馬鹿か、おまえ。おまえは旗本の跡継ぎじゃないか。可愛くて気立てのいい嫁をもらえ。それがおまえには似合う」

身を捩ってなんとか抜け出そうとするのだが、渾身《こんしん》の力で、というように抱きしめられてどうにもならない。

「確かに俺は跡取りだけど……おまえと一緒になれるなら、俺は家を捨ててもいいと――」

とんでもないことを言い出した孝蔵を思い切り突き飛ばした。それでも離れることができなくて、

「離せ、馬鹿！　離せ！」

がむしゃらに暴れれば、やっと離してくれた。

「ふざけんな！　なに言ってんだ⁉　なに血迷ってるんだよ！　俺のために家を捨てる？　馬鹿か、そんなうつけ者だとは思わなかった。見損なったよ」

怒りと同時に悲しさや悔しさが込み上げてくる。自分の中で抑え込んできたいろんな感情が噴き出して、目の前が潤《うる》んだ。

「じ、次郎……？」

「おまえに身請けされて俺が喜ぶとでも思ってるのか？　冗談じゃない。こんな屈辱はない。おまえと一緒になるなんて、そんなことは天地がひっくり返ってもありえねえ。俺は女じゃねえんだよ！」

「そ、そんなことはわかってる」

「いいや、わかってない。おまえにまでそんな目で見られてたなんて……。もう二度と顔も見たくない。友達だとも思わない。さっさと帰れ」

「次郎、俺はただおまえが好きで、おまえを救いたくて……」

「おまえに救われるほど落ちぶれてねえよ。おまえは最低だ」

できるだけ冷たい目をして突き放す。軽蔑している顔を作る。涙は絶対に零さない。

「次郎……」

「早く行け。これ以上とどまると、かどわかされたって訴えるぞ。これまで世話になったな。でも、さようなら、これにて御免《ごめん》」

絶対に翻されることのない固い決意を表情で伝える。孝蔵なら正確に受け取るはずだ。

じりじりと孝蔵の足が下がる。その顔が泣きそうに歪んで、子供の頃の孝蔵を思い出した。

身を翻し、走り去る後ろ姿をただじっと見つめる。大好きな親友の最後の姿を見送る。

どんどん目の前が潤んで、涙が零れ落ちそうになったその時——。

「誰だ、あれは」

声がかかって涙は零れずに済んだ。

「し、信さん⁉　いつからそこに？」

振り返れば、社の陰から信之介が姿を現した。

「おまえの怒鳴り声で目が覚めた。……目が赤いぞ」

信之介の指が目元に触れ、ぶわっと涙が溢《あふ》れてきそうになって、慌ててうつむいた。

「あいつ、幼馴染みなんだ。俺を捜して見つけたんだって……」

「そりゃ大した執念だな」

「すごく……優しい奴なんだ。俺に同情してるんだよ。旗本の長男坊で、頭もいいし腕も立つ。両親もいい人で、俺なんかにも優しくて。将来は絶対立派な跡継ぎになる。俺のために人生を棒に振らせてたまるか」

「奴のために突き放した？」

「孝蔵は大事な親友で……絶対、幸せになってほしいんだ」

拳をぎゅっと握る。ついに涙がぽろぽろと溢れた。

孝蔵を傷つけてしまった。でも駄目なのだ。二度と来てもらっては困る。

今はこんなことになって日も浅いから、同情や幼い頃からのいろんな感情がごっちゃになって、変なふうに暴走しているのだろう。あれだけひどいことを言われて冷静になれば、きっとわかるはず。わかってくれるはず。そして必ずや正しい道を進むと信じている。

次郎は孝蔵が走り去った方向に目をやり、もう見えない姿を追った。

幼い日からの姿が思い出されて、また込み上げてくる。

「見るな」

信之介の低い声が耳を打った。次郎は「え？」と斜めに顔を上げる。真剣な眼差しは怒っているようにも見えて戸惑う。

覚えはないが、なにか気に障るようなことをしてしまったのだろうか。

問おうとしたら、親指で涙を拭われ、驚いていると抱きしめられた。信之介の匂いに包み込まれ、大きな手が後頭部を摑んできて、逞しい胸に顔を押しつけられる。

思わず寄りかかりそうになって、慌ててその胸に手を突いて押し戻した。

慰められているのだろうか。泣いていたから。

だけど少しも離してもらえなくて、抗議しようと顔を上げたら、唇を奪われた。

柔らかな感触。頭の中が真っ白になった。

接吻はする必要がないと教えられたばかりだ。信之介の唇が動くたびに心臓が跳ね、ぎゅっと着物を摑んで、初めての感触にただ耐え続けた。

漸《ようや》く唇が離れ、呆然《ぼうぜん》と間近にある目を見つめる。涙はとうに引っ込んでいた。

「な、なに、なにを……」

そんな次郎に信之介はまた口づける。次郎のすべてを奪い取るかのような深く濃厚な接吻。

次郎は酸素が欠乏し、なにもできぬまま考えられぬまま、力が抜けていく。

唇が離れても身体を離すことができなかった。信之介の腕に支えられて漸く立っている。

「よそ見をするな。おまえは俺だけを見ていろ」

骨抜きになっている細い身体を抱きしめ、信之介は言った。次郎は答えることもできない。なにを言われたのかもよくわからない。

そっと腕が離れる。次郎が自力で立っていられるのを見届けると、信之介は行ってしまった。

次郎はただ呆然とその後ろ姿を見送った。びっくりした。とにかく驚いた。いったいなんだったのか……。

まるで止まっていた心臓が動き出したように、思考力が戻り、周囲の音が聞こえるようになって、全身が熱くなった。ドキドキが止まらない。

信之介はなんと言った？　よそ見をするな？　どういうことだ、俺だけを見ていろ、なんて……。そんなのは勘違いをしてしまう。

きっと、師として言ったのだ。よそ見している暇はないだろうと諫《いさ》めたのだ。

そう思ってみても、初めての接吻はどうしようもなく次郎の気持ちを高揚させた。

孝蔵をあんなふうに冷たく突き放しておきながら、自分は男との接吻に嬉しくなっているなんて、最低だ。

でも接吻は、尻に指を入れられるよりずっと交わった感じがした。すごく大事な約束を交したような気分になった。

信之介は教えるのがうまい。接吻というのはとても大事なことなのだとわかった。

そしてそれによって、次郎の中における信之介の立ち位置は完全に変わってしまった。兄でも師匠でもなく、特別な……とても心に近い場所に。

だけどもっと近づきたいと思っている。もっと、誰よりも近くに……。

次郎は自分でも制御できない初めての気持ちに戸惑い、孝蔵に申し訳なく思った。

其の八

そこは遣手部屋《やりてべや》。この妓楼《ぎろう》にはおうめの他にも三人の遣手がいる。

遊女の監督係でいつも小言ばかり言う遣手のそばには、誰しもできるだけ寄りつきたくない。何度も折檻《せっかん》された次郎《じろう》にとってそこは鬼門《きもん》のような場所だった。

しかしそこに信之介《しんのすけ》が入るのを見て興味を引かれてしまった。

信之介も今は、次郎専属ではあるが遣手のひとりだ。おうめとなにか打ち合わせかもしれないと、忍び足で近づき、聞き耳を立てる。

「はあ⁉ 来る⁉ あの阿呆《あほう》はなにを言っておるのか」

素《す》っ頓狂《とんきょう》な声は信之介のものだった。

「暇潰《ひまつぶ》しじゃ、との仰《おお》せです」

答えたのはなぜか男の声だった。木《き》の屋《や》の遣手に男はいない。

しかしこの落ち着いた声はどこかで聞いたことがある。しばし考え、脇坂《わきさか》だ、と気づいた。

松葉《まつば》の旦那《だんな》である脇坂が、なぜ遣手部屋にいるのか。なぜ信之介と話をしているのか。

「暇ってなんだよ」

「それと、頑《かたく》ななること鉄のごとし、だった心を溶かした可愛《かわい》い子が見たい、そうです」

「はあ？　……止められ、ないんだろうな……」

「無理でしょう。言い出したら聞かない方ですから。少なくとも私にはできかねます」

「だよな……俺も無理だ」

会話の内容がどうこうよりも、そのやり取りは明らかにおかしかった。

信之介はいつも通りの話し方だったが、奉行《ぶぎょう》であり客である脇坂に対する話し方としては不適切だ。脇坂の下手《したて》に出たもの言いも違和感が強い。聞いている限りでは、上下関係は信之介の方が確実に上。

変だと思いながらも、二人が出てきそうな気配に、慌ててその場を立ち去った。

どういう関係なのか気になったが、信之介に直接問う気にはなれなかった。それは立ち聞きしていたことがばれるのを恐れて、ではなく、信之介を意識しすぎて気軽に声を掛けられなくなってしまったから、だった。

信之介の不審な部分を解明するより、自分の感情を解き明かす方が先決だ。いや、できるものなら蓋《ふた》をしてしまいたい。

信之介の顔を見るだけで体温が上がる。なにかよくわからないが緊張する。ビクビクしてドキドキしてポーッとする。

落ち着きのない自分の気持ちの正体がなんなのか、なんとなくわかっていても認めたくなかった。

「おんし、恋をしているでありんしょう？」

松葉の部屋で、その唇《くちびる》に紅が引かれるのをぼんやり眺めていると、唐突にそう指摘された。

「は？　はあぁ⁉」

ギョッとした。自分にもごまかしている想いを、はっきり言葉にして突《つ》きつけられてしまう。その鋭い観察眼には恐れ入るが、もう少し気を使ってほしい。と言ったところで、常に次郎に嫌がらせをしたい松葉が聞くわけもない。

「恋なんてするわけないだろ。女もいないのに」

「この菱原《ひしわら》で男だ女だと、おんしはほんに無粋でありんすねえ……。恋は恋。心の向かう相手に、心以外は不要なのでおざんす」

可愛く紅を差した口は、まるで迷いなくそう言った。

「……おまえ、やっぱ凄《すご》いな。さすが花魁《おいらん》だな」

松葉の言葉はストンと次郎の心に落ちた。

恋とは裸の心と心が向き合うこと。性別は、家柄などと同じ、人間社会の好都合や不都合のひとつ、付き合うにあたって生じる問題だ。それが邪魔をして恋が実らないこともあるけれど、恋が始まる時に必要なことではない。

「な、なんでありんすか。そんな褒《ほ》めたからといって、わっちは恋敵《こいがたき》に甘くしたりはいたしんせんっ」

松葉は顔を白く塗っていたが、頬《ほお》を染めているのがわかった。褒められるのには慣れているくせに、思いも寄らぬところで褒められると、真っ赤になって恥じらって悪態をつく。そういうところは可愛いなあと素直に思う。

松葉と嘘《うそ》の恋でもしたいと思う客の気持ちが、最近は次郎にもなんとなくわかる。

「別に甘くしてほしいなんて思ってねえよ。どっちかっていうと、打ち負かしてほしいくらいだ……」

いつもならむやみに発動される負けず嫌いはなりを潜《ひそ》め、自分でも不思議なほど逃《に》げ腰《ごし》だった。

初めてなのだ、人に恋をするのは……。

ずっと剣一筋。ひとりでいろんなものと戦っている気分で、恋なんて自分とは関係ないものだと思っていた。これからも縁はないはずだったのに、恋とは通り魔のように突然現れて心を斬《き》るものらしい。

自分のことを好きだと言った孝蔵の顔を思い出す。いったいいつからそんな気持ちを抱えていたのか知らないが、きっとすごく戸惑ったに違いない。今の自分のように……。

その気持ちを理解できても、答えが変わることはない。恋が成就《じょうじゅ》されることなど、この世にどれほどあるのだろう。

「むかつく……」

「ん？」

「おんしは贅沢《ぜいたく》でありんす。ほんに、ほんに、むかつくんでありんす！　わっちは信さんに恋をしておりんした。でもそれが実るなんて少しも思うとりゃせん、見て胸ときめかせるだけで充分幸せだったんでありんす。おんしが現れるまでは……」

「俺？　俺がなにをしたって？」

次郎の恋だって実るはずがない。立場は松葉と同じだ。なのになぜこんなにも目の仇《かたき》にされるのか。

「なんでもありんせん！」

「なんだよ、わけわかんねえな……」

「おんしになど、生涯わからなくて結構っ」

わけのわからない理由でぷんぷん怒るところが、本当に女みたいだと思う。姉や母によくそうやって頭ごなしに怒られ、理由を訊《き》くと余計に怒られた。こういう時は逆らわないに限る。

「艶路《えんじ》、ちょっとこっちへおいで」

ちょうどいいところで楼主に呼ばれ、次郎はほいほいと松葉の部屋を後にした。

一階の中央、神棚を背負った囲炉裏《いろり》前に楼主はいつもいる。楼主の向かいに信之介が座しているのが見えて、後ずさりしたい気分になった。

「さっさと来な」

怖い顔で催促されて仕方なく楼主の前、信之介の横に座る。

「今日はお座敷に出てもらうよ。私の知り合いでね、おまえの稽古《けいこ》にちょうどいいから……。でも、くれぐれも粗相のないように。命が惜《お》しけりゃ気合い入れて丁寧にもてなしな」

稽古だと言いながら、命がけみたいな言いざまはどういうことなのか。稽古でも気を抜くな、というのは道場でもよく言われていたが。

「あい。承知。金は払ってくださるんですか？」

「払ってくださるよ！　そんなこと、絶対客の前で言うんじゃないよ！　ああ……心配だよ。この調子で御前《ごぜん》に……なにかやらかしそうな気がするよ」

楼主はらしくもなくおろおろしている。

「そんなに偉《えら》い人なの？　じゃあ新造《しんぞう》じゃなくて花魁を……」

「私だってできればそうしたいよ。でもまあなんというか、なあ、信之介」

楼主は助けを求めるように信之介を見た。

「若くて生きのいいのがいいらしい。別に粗相をしてもかまわん。最初からそう言ってある」

「信さんも知ってる人？」

「ああ。俺の……敵だ」

「ししし、信之介!」

「冗談ですよ」

楼主の慌てぶりと信之介の落ち着きぶりが対照的で不可解だ。どうやらその相手のことを信之介はよく思っていないらしい。しかし、位は高い人のようだ。

奉行の脇坂にも、腰は低いが慌てることなどない楼主が、これだけ慌てるということは、かなりお偉い人に違いない。

「俺でいいの?」

少々心配になって信之介に訊いてみた。

「ああ。おまえがいいそうだ」

「え? 俺の知ってる人?」

「いや、おまえは知らない。知らないが……。まあ普通にしていればいい」

「顔も髪もこれでいいのか?」

「ああ、いい」

「ええ!? 本当にいいのかい」

楼主だけがやはりおろおろしている。

「大丈夫、女将《おかみ》さん。俺に任せとけ……じゃない、任せるでありんすよ。これまでの稽古の成果を見せつけてやるから」

「ああもう、全っ然なってないよ！　心配だ、心配だ……」

落ち着かない楼主を捨て置き、信之介は立ち上がると次郎の腕を摑《つか》んで歩き出した。

「信さん、客人は誰なの？　女将さんのあんな様子は初めて見た」

「気にすることはない。おまえは……気に入られなくていい」

ますますわけがわからない。そしてこの手はどこで離してくれるのか……。

階段を上がり、廊下を一番奥まで歩き、座敷に入ってやっと手が離れた。

「ひとつだけ、おまえが気をつけるべきことは、詮索《せんさく》しないことだ。特に身分は訊くな」

「わ、わかった」

機嫌の悪そうな信之介を前に、どうしていいのかまるでわからなかった。なぜ口づけたのか、なんて訊ける雰囲気ではないし、なんとなく蒸し返すのも憚《はばか》られる。流すのが一番いいのだろうと思うのだが。

「信さん、あの……」

「なんだ？」

「いや。えっと……信さんって、腕《うで》に火傷《やけど》の痕《あと》とかある？」

「なに？」

信之介の目がギラッと光った。

とっさに思いついたことを訊いてみたのだが、信之介にも詮索はよくなかったようだ。

「いや、いい。気にしないで」

「それ、誰に聞いた？」

「ん？　志野《しの》さんがそういう噂《うわさ》を聞いたとかなんとか」

「志野……そうか、やっぱり……」

信之介の目がスッと細くなって、薄く口の端《はし》が上がった。楽しんでいるような、悪巧みをしているような表情に、少しばかり背筋が寒くなる。ちょっと怖い。

「なにか、まずかった？」

「いや。志野に教えてやれ。火傷の痕はある、とな」

「あるんだ……」

「見るか？」

「い、いいよ」

袖《そで》をめくろうとする信之介を止めた。見ればまた心が動きそうな気がした。火傷痕がどうというより、素肌《すはだ》とかそういうものを見たくないのだ。

「子供の時のものだ。火に巻かれて……命からがら逃げ出したが、生きていてよかったと思ったことはない」

信之介の口調は淡々としていたが、内容はあまりにも濃かった。思わず聞き違いかと思ってしまうくらいに。

「え？」

「生き残ってしまったんだ。生かされたからにはすべきことがある、そう思って生きてきた」

「すべきことって？」

「それは言えん」

「もう成《な》し遂《と》げたの？」

「いや。未遂《みすい》に終わった。それからはもう……余生だな」

自嘲《じちょう》気味《ぎみ》に笑う。その顔が悲しくて胸が苦しくなる。そしてちょっと悔しかった。

「余生ってなんだよ。生きてるんだから、もっとちゃんと生きろよ。すべきことをしたのならいいじゃない。きっと未遂だったことにも意味があるんだよ」

「意味？」

フッと鼻で笑われた。見当違いのことを言ったのかもしれないけど、言わずにいられなかった。余生を生きてる奴《やつ》なんかに恋をしたのか、自分は。この先もずっとそうして死んだように生きるつもりなのか。

「俺は、ここに来たことにも意味があるって思ってる。回り道だって俺の道だ。ここに来なかったらきっと……、こ、恋だって知らなかったから」

「恋？」

信之介の目が鋭くなった。孝蔵《こうぞう》のことを告げたあの時のように――。思わず少し後ずさる。

「べ、別に仕事に差《さ》し支《つか》えるようなんじゃないぞっ」

次郎は慌てて注釈を入れた。新造の修業中の身で恋などに現《うつつ》を抜かしている場合じゃない、と怒られる気がしたのだ。

「相手は誰だ？　あの幼馴染《おさななじ》みか⁉」

「え、あ、違う」

「じゃあ誰だ？」

訊かれても答えられるわけがない。黙っていると、信之介がひとつ大きく息をついた。

「そうだな、流れ流れてここに来て……意味はあるのかも知れんな」

信之介は自分の左腕の肘《ひじ》の辺りをギュッと掴んだ。火傷痕があるとしたらその辺りだろうか。強く握りすぎて指先が白くなって、次郎は思わずその手に触れた。

「やっぱ意味なんてなくていいや。信さんが今ここにいるだけでいい」

笑ってみせれば、信之介はさらに険しい表情になった。

「ご、ごめん。生意気《なまいき》だった……」

怒らせたくなくてすぐに謝る。なんだか少し自分が弱くなったような気がする。怖いものが増えた。

手を離そうとしたのだが、逆に掴まれて、驚いて顔を上げれば信之介の顔がすぐ近くにあった。

「魔性……魔性か。まったく……。これは誰にも見せられん」

信之介の表情が和《やわ》らいだことにはホッとしたが、その言いようにはむっとする。

今のはものすごく真面目《まじめ》に言ったのだ。いったいどこが魔性だったというのか。人に見せられないとはどういうことか。

信之介の手が頬に伸びてきて、なにか言おうと口を開きかけた。そこで、

「邪魔しに来てやったぞ、信之介」

声と共に襖《ふすま》が大きく開いた。

信之介の眉根《まゆね》が寄り、溜息をついて次郎から離れる。

「あなたは本当に……俺の邪魔をするために存在してるんじゃないのか?」

信之介は振り返って、間口に立っている男を睨《にら》みつけた。

きれいに月代《さかやき》を剃《そ》って髷《まげ》を結い、高価そうな羽織袴《はおりはかま》を身につけた男は、一見裕福な商家の若旦那に見えた。しかし物腰には隙《すき》がなく、目つきも鋭い。刀は預けているが、差していたのは明らか。武士なのは間違いない。

これが例の客なのだろうが、偉い人のわりには連れの者もなくひとりだった。そして意外なほど若かった。楼主がおののくほどの人なら、相当な歳だろうと思っていたのに、歳は信之介とそう変わらないくらいに見える。

「生まれたのは私の方が先なのだから、きっとおまえが私の人生を面白くするために生まれてきたのだろう」

信之介の睨みなどものともせず、にやにやと笑いながら男は言い返した。

物言いは居丈高《いたけだか》で、人を高みから見下ろすことに慣れている感じがした。

信之介は言いたいことが山ほどある顔で口を引き結んでいる。男はその顔を楽しげに見て、次郎に視線を移した。

「おぬしが艶路か。なるほどな。性質、率直にして前向き。考えはやや足りず。色事《いろごと》には疎《うと》いと見た。顔は……なかなか可愛いのう。女なら奥に迎えるところだ」

面白そうに分析され、次郎は困惑する。今の信之介とのやり取りを聞いていたのか。それだけで分析したのなら素晴らしい精度だが、事前に信之介からなにか聞き及んでいたのかもしれない。

「奥？」

「奥方《おくがた》に、という意味だ」

「はあ」

くれぐれも粗相のないようにという楼主の注意は、構える間もなく現れられたことでなし崩しになり、気のない失礼な返事をしてしまった。が、男は気にする様子もない。

「私は春之介《はるのすけ》だ。春さんと呼べ」

明らかに今考えたような偽名を堂々と名乗る。

「あい、春さん」

次郎はとりあえず笑顔を作ってみせた。

この歳で偉い人ということは、かなり高貴な家の生まれなのだろう。それに対する信之介の態度は、同等以上の家の人間であるか、自分と孝蔵のように身分差をものともしない友であるか。それくらいしか思いつかないが、友というには仲が悪そうだ。

春之介は次郎に酌《しゃく》をさせながら、最近の景気なんてことを訊いてくる。

「ここに関して言うなら、景気はたいそう悪い、でありんす。奢侈《しゃし》禁止令なんて、お金持ちが贅沢をしなくなったら庶民には金子《きんす》が回ってこなくなって、景気は悪くなるばっかりだ。誰が考えたんだか……」

「艶路」

信之介に諫《いさ》められてハッと口を閉じる。春之介が将軍の側近《そっきん》という可能性もある。批判は命取りにもなりかねなかった。

「し、失礼いたしました」

今さらという気もするが、手に持っていた酒徳利《とっくり》を台に置き、両手を突いて深々と頭を下げた。

「かまわぬ。なんでも率直に申せ。確かに金回りが悪くなるのは困りものだ。しかし今はみなで堪《た》え忍ぶべき時。贅沢などしている場合ではない。金遣いの荒い役人などもっての外《ほか》だ。ここでそういう役人を目にすることはないか」

「いえ。まあ……わっちは存じませんが」

客の名前を出すわけにはいかない。役人で常連といえば脇坂だが、あまり派手という感じではない。えげつない金の使い方をするのは商人が多かった。

「あ！　そういえばいました。役職とかは存じませんが、最近、近江屋《おうみや》さんが連れてこられるお役人の川津《かわづ》様とかいう……新造でも誰でも触り放題の品のない御仁《ごじん》が」

思い出すと同時に言ってしまった。本当に嫌な感じの武士なのだ。自分では花魁を指名することなく、近江屋の尻馬《しりうま》に乗って騒ぎ、端《はした》の男娼《だんしょう》を買ったりもする。その払いも近江屋だった。

「川津……勘定方《かんじょうかた》だったか」

春之介は難しい顔で思い出そうとしているようだったが、信之介は他のことが引っかかったようだった。

「触られるなんて話は初めて聞いたが？」

「触られるくらいで用心棒に言いつける者などおりんせん」

次郎はすげなく言い返した。

「川津か。川津だな」

信之介は憎々しげにその名を復唱する。

そんな信之介の様子を見て、春之介はにやりと笑った。

「なんにも執着のない男だと思っていたが……そうか、そうか」

「執着などではない。用心棒として要注意人物を記憶しただけのこと」

「ふーん」

春之介はにやにやして、信之介はむすっとしている。

「艶路、おまえ水揚《みずあ》げはいつ頃だ？　なんなら私が……」

「こやつは未熟者ゆえ、水揚げなどまだまだずっと先の話だ」

春之介の言葉を信之介が切り捨てた。

「ふーん」

それでもやっぱり春之介はにやにやしている。

どうやら仲が悪いわけでなく、信之介が一方的に苦手としているだけのようだ。春之介はこの状況をとても楽しんでいる。

いったい何者なのだろう。

しかし詮索しないと約束したので、次郎から問いを発することはなかった。振られる話に答えるだけ。春之介は遊廓での生活や他の遊客《ゆうかく》の話を聞きたがったので、ありのままを話して聞かせれば、なんでも面白そうに聞いた。

「艶路は政《まつりごと》には興味がないのか？　なかなか目のつけ所がよいぞ」

「政とか、そういう難しいことはわかりません。俺はただ、自分や周りの人間が少しでもよい暮らしができないものかと、いつも考えているだけです」

「それこそが政の原点だ。だが、すべての人によい暮らしを、というのは無理だ」

「無理、でございますか……」

「ああ。利害は表裏一体でな。どちらの側にも民はいる。しかし、正しく励む者が報われるようにはしたいと思うておる」

春之介の言うことは少し難しく、次郎は自分が半分も理解できていないだろうとわかっていた。そういう顔をしていたはずだし、言葉遣いも普段のものになってしまっていたが、春之介は終始ご機嫌だった。芸や遊びを請うことはなく、ただ飲んで、話をして、一時ばかりで席を立った。

春之介が外に出ると、音もなくお付きの者が三人ほど現れ、楼主は下にも置かぬ扱いで送り出した。それ以外にも視線を感じた気がして次郎はきょろきょろと周囲を見回したが、それらしき人は見当たらなかった。

「おまえは猫みたいに視線や気配に敏感だな」

信之介がやや呆《あき》れたように言った。

「え、やっぱり誰か見てた？　なに、忍者《にんじゃ》みたいなのがいるの？」

「まあ似たようなものだな」

「へえ……」

そんな厳重に守護しなければならない人間なんて、そう多くはいないだろう。だがそれは、あまりにもかけ離れた世界にいる人だ。なにを考えてここに来たのかなんて想像もできないし、知る必要もないだろう。

それよりも知りたいのは近くにいる人のこと。今を余生だなんて悲しいことを言う人のこと。

しかしなにも問えなかった。知りたいのに、訊けない。知るのが怖いのか、答えてもらえないことが怖いのか、自分でもよくわからない。

「おまえは戻っていろ」

信之介は春之介の跡を追っていった。

不意に信之介が持っていた簪のことを思い出し、もしかしたら信之介も遠い世界の人なのではないだろうか、と考える。まさかそんなはずはないとすぐに打ち消したが、仲がいいのか悪いのかわからない二人の後ろ姿をしばらくじっと見つめていた。

世には賄賂《わいろ》がはびこり、貧富の差は開くばかり。前の将軍は政に疎く、重要な決断も役人任せにしていたため、役人が利権を握るようになっていた。そのせいで政治は腐敗し、将軍を軽んじる風潮ができあがってしまった。

将軍は代われども、一度できあがったそういう風潮はなかなか覆《くつがえ》せない。まして新しい将軍は齢《よわい》二十六。若造と軽んじられても仕方のない年齢だった。

はびこる悪を払うには、ぐうの音も出ない証拠を摑んで処断するしかない。やるか、やられるか。刷新できるのか、抹殺されてしまうのか。将軍職に就いたとて安穏としてはいられなかった。

「仕事をすればするほど煙たがられる。病に伏《ふ》しておるくせに、変な発布《はっぷ》ばかりする将軍など早くくたばれ、という声がそろそろ聞こえてきたか？」

「ああ、漸《ようや》く。だが俺が聞いたのは、くたばれ、ではなく、くたばったらあなたが次の将軍です、とまるで確定事項のようだったが。難しいことは私共にお任せくだされば いい、先の将軍様の時のように……とも言っていた」

「まったく、父上は優しいお人だったが君主としては最悪だった。周りに否と言えず流されてばかりで……」

「妻の管理さえできぬ人だった」

「まあ、それを言われるとな。私も母には手を焼いておる。が、それも直《じき》に終わる」

「終わる？」

問う声は訝《いぶか》しい。

「終わる。あちらも内部分裂だ。おまえを勧誘しに来た者は、元々は母におまえを殺せと命じられた者。おまえが寝た子を起こすようなことをしなければ、母も静かに隠居してくれていたかもしれぬものを」

「静かに寝かせてなどやるものか。俺だってまだ諦めたわけじゃない」

「ほお、母を誅《ちゅう》して処刑されるか？　この世に未練ができたのではなかったのか？」

問われて、黙り込む。ついこの間まで、この世に未練などない、ときっぱり言い切れていた。しかし今は、見ていたい、護りたい……そういう欲がある。死ぬ時にはきっと未練になるだろう。

「幸せになってくれればいい。俺などいなくても、自由になればあいつは自分の力で幸せになる」

「そうだな。あれはなかなか面白い。おまえがいなくなったら、私が幸せにしてやるのもよいか」

戯《ざ》れ言《ごと》のように言う、この国で一番権力を持っているはずの人間を睨みつけた。

「俺には下克上《げこくじょう》という選択肢もある」

半ば本気で脅しをかける。

「そのようなこと……賢いおまえが選択するとは思えんな。まあ、利用しようとする輩《やから》は利用すればよい。ただ……死ぬなよ」

「そっちもな」

にやりと笑い合う。

心配しているようで、逆を望んでいるようで。腹の底は見せ合わず、常に探り合い。しかし背中を見せることには不安を覚えず、信之介は悠々とその場を立ち去った。

其の九

「へえ、旅をしてたんだ。舟で海に出たことはある？」

「ああ。しばらく長崎《ながさき》にいたからな。彼《か》の地に行くには舟に乗らぬわけにいかぬ」

「そうか、凄いな！」

次郎の目がきらきらと輝く。川を行く舟とは違う、大きな帆を張った舟は絵でしか見たことがない。人が百人乗っても沈まないのだと聞いて、いつか見てみたいと思っていた。

信之介は張り型を持ってこなくなった。それどころか、性技に関する教育はなにもしない。教養も必要だといろんな話をしてくれるようになった。

それはそれで楽しくていいのだが、先に進まぬのは焦《じ》れったい。早く一人前になりたかった。

信之介はいつかどこかに行ってしまうだろう。旅をしていた話なんて聞いたら、すぐにでも消えてしまうのでは、と不安になる。いてほしい気持ちが膨らむほど、それを恐れる気持ちも強くなった。

しかし、自分に引き留める権利などない。

「剣の腕はだいぶ鈍《なま》ってしまったのではないか？　身体《からだ》は動かした方がいいぞ」

不安が顔に出た次郎に信之介はそんなことを言う。

「そういうこと言うなよ。俺だってしたいけど、我慢してるんだから」

「だから、我慢するな」

「なんでだよ！　俺の腰が駄目だって言ったのは信さんだろ⁉　俺は決めたんだ、花魁になるまではって……」

なぜか感極まって言葉に詰まる。

「ああ、悪かった。……泣くな」

「泣いてない！」

本当に泣いてなどいない。泣きそうな顔をした覚えもないが、言葉に詰まったのでそう勘違いされたのだろう。慰《なぐさ》めるように頭に手を置かれ、じっとしていると引き寄せられた。腕の中に抱き込まれて心臓が止まりそうになる。

「な、なにして……泣いてないって……」

抜け出したいが、動けない。顔が首が熱くなって、見られないように下を向く。

「艶路……今はまだ言えぬが、近く……おまえに言いたいことがある」

「……なに？」

「まだだ。悔しいが、今の俺には力がない。なにもできない。それを、手に入れる」

「なにをする気?」

ガバッと顔を上げて問う。なにかとんでもなく危ない真似《まね》をするのではないか、そんな気がした。

「言えぬ」

「それも……信さんがすべきこと、なの?」

未遂に終わったということの続きなのか。それなら果たしたら死んでしまうのではないか。

「いや。その代償のようなものだったが……今はちゃんと前を向いている。見えない先のことのために今を生きようとするのは初めてかもしれない」

「そうか……。じゃあ、いいや」

死に急ごうとしているわけでないのならいい。生きるためなら危険でも戦うべき時はある。死んでほしくはないけれど。

信之介の言う「先のこと」の中に自分はいるのだろうか。いたらとても嬉しいが、小さな希望を持つのも怖かった。打ち砕かれた時のことを恐れて望まないなんて、今までの次郎にはなかったことだ。

恋をすると臆病《おくびょう》になるのか。恋とはもっと心強いものだと思っていた。

それっきり信之介はなにも言わずに手を離し、次郎もなにも言わなかった。

廓《くるわ》の中に真《まこと》などない。なにを言っても絵空事《えそらごと》、戯れ言、朝には嘘になることだ。


ことが起こったのは、その翌日のことだった。

「艶路さん、志野ねえさんを見なんだかえ？」

「志野さん？　いないの？」

「あい。なんだか信さんを捜してはったんやけど、どこかに消えてしもうて。もう夜見世《よみせ》の支度《したく》なのに……」

「信さんを？　なんで？」

「さあ。それより……あ、艶路さんっ？　どこ行くの⁉」

なんだかとても嫌な予感がした。志野は信之介を気にかけていたが、あれは本当に恋心だったのだろうか。今思えばなにか違っていたような気がする。

じゃあどういう興味だったのか。腕の火傷痕はどう関わっているのか。信之介は教えてやれと言っていたが、次郎は教えていない。他にそのことを訊かれそうな人間といえば……。

「松葉！」

「なんだえ？　うるさい。それから呼び捨てはやめなんし。わっちに養われてる分際で」

「なあ、信さんの腕に火傷痕があるって知ってる？」

「なに、自慢しに来たのかい？　でもそんなことはわっちだって知ってるわいな。その程度のことで――」

「それ、誰かに訊かれなかった？」

「はあ？　……そういえば誰かに……」

「志野さん？」

「そうそう、あの子。でも、信さんがというのではなくて、誰かそういう殿方《とのがた》を知らないか、と訊かれて……」

「答えたのか？」

「馬鹿お言いでないよ。信さんに限らず、どんなお方のことでも、ぺらぺら喋《しゃべ》るような花魁などおりんせん」

　松葉は怒った顔できっぱり言った。

「すまん。だよな。さすが太夫《たゆう》。菱原一の松葉花魁！」

　失礼な問いだったと反省し、軽く持ち上げて部屋を後にした。松葉がなにか怒っていたが、無視して走り出す。松葉どころか楼の誰も追いかけてこられない速度で。

「そんな格好で表に出るんじゃないよ！」

　楼を出る時に楼主にも怒鳴られたが、それも無視した。赤い襦袢《じゅばん》に藤色の単《ひとえ》、象牙《ぞうげ》色のしごき帯。場末の切見世ならこんな格好の方が普通だ。

「どうした、艶路、脱走かい？」

大通りで顔見知りに声を掛けられる。

「あ、信さん見なかった？　それか、うちの志野さん」

「信さんは知らないけど、志野ならついさっき見たよ。知らない男と一緒だった。あれは間夫《まぶ》かねえ」

「間夫？　どっち行った？」

教えてもらった裏門の方へと走る。なぜこんなに焦っているのか自分でもよくわからない。

間夫とは情夫のことだ。志野にいい人がいたなんて知らなかった。志野はつい最近客を取り始めたばかり。いろいろ思い悩んでいる感じは前からあって、それが志野の通常なのだと思っていた。

顔の良さ故になにかと優遇される次郎は他の男娼たちによく思われていなかったし、松葉と対立すれば当然のように孤立した。そんなのはまったくかまわなかったが、たまに志野が親しげに話しかけてくれるのは嬉しかったのだ。

しかし今考えると、それはいつもなにかを訊きたい時だった。

志野は火傷痕がある男を探っていて、それが信之介だった？

そもそも信之介は何者なのか。位の高そうな知り合いがいたり、脇坂とも親しげだったり、将軍家の家紋《かもん》入り簪を持っていたり。

簪は大事な人の物だと言っていた。その関係でなにかあるのか。信之介のすべきことというのもそれに関することなのか。

なにもわからないのに、ひどく心配だった。虫の知らせというやつだろうかと考えて、それは人が死ぬ時のことではなかったかと思い至り、余計に心配になる。

志野の後ろ姿が見えたのは、信之介と剣術の稽古をしていた稲荷《いなり》のすぐ近くだった。志野は物陰に隠れるようにして、知らぬ男になにやら話しかけている。

その視線の先には、岩に腰かけて猫の頭など撫《な》でている男がいた。暢気《のんき》そうなその姿に少し気が抜ける。

しかし――。

「信さん、後ろ！」

志野と一緒の男とはまた違う男が、信之介の背後から近寄るのが見えて、思わず叫んでいた。刀に手をかけていたのだ。

信之介は立ち上がりながら振り返り、刀の柄《つか》を握る。猫は走って逃げていった。

「ちっ」

背後から忍び寄ろうとしていた男は舌打ちをして信之介と対峙《たいじ》する。無論、そんな卑怯《ひきょう》な真似をする男が強いわけもない。刀を抜いた途端《とたん》に信之介に腕を切られ、そのまま這々《ほうほう》の体《てい》で逃げ出していった。情けないにもほどがある。

「高藤《たかふじ》信之介殿とお見受けする」

そう進み出たのは志野と一緒にいた男。

「いかにも。何用か？」

「お命頂戴《ちょうだい》いたしたく」

「はいどうぞ、というわけにはいかぬな。貴様《きさま》は令泉院《れいぜいいん》の手の者か」

「令泉院殿？　はて」

「知らぬ相手でも呼び捨てにはできぬ、か。まあ、性根は腐っていても高貴なお方だからな、一応」

「知らぬと言っておる！」

落ち着いていたかと思えば、いきなり激昂《げっこう》し斬りかかる。先程の男よりは腕が立つようなのは見ていてもわかった。次郎は打ち合う二人を見ながら、心配そうに見ている志野に近づく。

「死んでほしくないなら止めた方がいいと思うよ」

志野の横に立って言った。

「え？　艶路さん!?　でも、厚清《あつきよ》様はお強いと……」

「男は誰でもそう言うけど、本当に強い人は言う必要がないんだ。力の差は歴然としてるよ」

「で、でも……」

「なぜ、信さんを狙《ねら》うの？」

「わっちは、詳しいことは知らぬのでありんす。ただ、腕に火傷の痕がある、腕の立つ男を捜していると仰《おっしゃ》って、なんとかお力になりたくて……」

「好きなの？　あの男が」

「好き、なのか……。わっちにはただのひとつも希望というものがなくて、なにかひとつくらい、光のようなものが欲しくて……。人の役に立つことは嬉しくて、小さな光に思えたのでありんす」

八方塞《はっぽうふさ》がり。お先真っ暗。夢も希望もない。そんな人間がここにはたくさんいる。夢の見方すらもうよくわからないのだ。

「残念だが、その光は……」

言いかけて、なにか不穏なものを感じて次郎は視線を上げた。少し離れたあばら屋の屋根の上に弓を引く姿が見えた。その狙いはこちら。たぶん志野だ。

慌てて物陰に身を隠そうと志野に手を伸ばす。と同時に矢が放たれ、次郎はとっさに志野に飛びかかり、地に倒れ伏した。元いたところを矢が通り過ぎ、地面に突き刺さる。

「な、なぜ……」

志野はガクガクと震えている。

「とにかく物陰へ。早く！」

次郎は立ち上がって志野の腕を引くが、震える身体は動こうとしない。腰が抜けたようだ。

「志野さん！」

「ひっ……艶路さん、怖い、助けて……」

「歩くんだ！」

強引に引きずろうとするが、志野の方が身体が大きくて動かない。自慢ではないが、力はない。

矢が番《つが》えられ、焦る。楯《たて》になるものを探しても見つからない。絶体絶命の状況に、次郎は志野の前に立ちはだかり射手《いて》を睨みつけた。

「馬鹿《ばか》！　逃げろ！」

焦って駆け寄る信之介を矢が一瞬で追い越し、次郎の着物の袖に刺さる。身体に当たらなかったことにホッとする暇などない。

「走れ」

信之介が志野を抱き上げ、次郎は物陰へと一緒に走る。次の矢は信之介を狙ってきた。

「なんなんだ……」

いつの間にか敵が増えている。射手はひとりだが、刀を手にした浪人が三人になっていた。

「人がたくさんいるところに向かって走れ」

「信さんは？」

「あれくらいは一人で充分だ」

次郎は信之介の目をじっと見て、無言でうなずいた。志野の腕を取って走り出す。

「え？　え、でも……」

志野は心配そうに振り返る。次郎だって本当は心配だし残りたかったが、今の最優先は志野を安全なところまで連れていくことだ。元はといえばこの事態を招いたのは志野だとか、言いたいことも訊きたいこともあったが、とにかく走る。

「死にたくないなら走れ。事情は後で聞くから」

「でも……わっちは死んだ方が……」

急に志野の足が重くなって焦る。信之介は今、必死で足止めをしてくれているはずなのだ。

「ふざけんな！　その程度の気持ちで信さんを売ったのか⁉　生きるために光が欲しかったんだろ？　やり方は間違ったと思うけど、生きるために頑張るのは間違ってない。正しく頑張れば報われる世の中にするって、偉い人も言ってたから……とにかく生きてみよう。今はとにかく、走れ！」

強く腕を引けば志野はまた走り出した。

「こんなに、走るの、久しぶり」

志野は息を切らしながら言う。心なしか顔が生き生きして見える。

「走るくらい、ここでもできる。楽しむことはどこでもできる。一寸先《いっすんさき》は闇《やみ》かもしれないけど、光かもしれない。自分の未来、自分で潰しちゃ駄目だ」

次郎にとっては若干息が上がる程度の速度。志野は次郎の言葉に泣きそうな顔でうなずいた。

人の多いところまで来て、追っ手が来ていないことを確認する。こんな中では刀を振り回すことなんてできない。

「志野さん、このまま楼まで走って」

「え、艶路さん？　艶路さんは⁉」

「俺の分も仕事しといて！」

次郎は笑顔で言って、今来た道を一目散に引き返す。

剣士三人なら信之介ひとりでもなんとかなるのかもしれない。しかし飛び道具を警戒しながらは辛いはず。信之介にもしものことがあったら、後悔ではすまない。

焦って走りながら、しかし少し大回りをする。あばら屋に背後から近づく道。弾む息を殺し、そっと近づく。射手はまだ屋根の上にいて、狙う先には信之介がいた。

すでに一対一。二人は路肩に倒れ、残っているのは志野が強いと言っていた男だけだった。

次郎は石を拾い、狙いを定める。射手が弓を大きく引こうとしたところで、それを思いっ切り投げた。

石は男の頬をかすめた。しくじったかと思ったのだが、射手はそれに驚いて体勢を崩し、屋根から転がり落ちた。正しいことは幸運を引き寄せる。

あばら屋へ走り寄れば、落ちた男は気を失っていた。その弓を折り、稲荷の社《やしろ》の下から木刀を取り出して信之介の元へと駆けつけた。

しかし、手を出せるような雰囲気ではなかった。木刀を握りしめてじっと信之介の姿を見つめる。

信之介の立ち姿には無駄がない。隙もない。相手もなかなかの手練《てだ》れではあるようだが、信之介が次郎の方を見てニヤッと笑ったのを隙と見たのは愚かだった。

斬りかかっていって、あっさり返り討ちにあう。鋭く滑らかな一閃《いっせん》は袈裟《けさ》懸《が》けに、男はその場にドッと崩れ落ちた。

それを一顧だにせず、信之介は刀を鞘《さや》に収めると次郎の方へ近寄ってくる。頬に返り血が散った精悍《せいかん》で野性的な面差《おもざ》しに、胸がドキドキして木刀をギュッと握りしめた。

「助かった。あの弓には手こずっていた」

そう言って笑った信之介の顔があまりにも格好良くて、次郎は視線を泳がせつつチラチラと見る、挙動不審な人になる。

「信さんが全部倒すから、俺の腕を振るえなかった。どうせ鈍ってたと思うけど」

不満げに言って自分の袖の袂《たもと》を手に持ち、信之介の頬についた血を拭《ぬぐ》う。

その腰を抱き寄せられた。

焦りながらも胸を高鳴らせたのだが、そのままくるりと横に、そして突き放される。え？ と思った瞬間、信之介の蹴《け》りが刀を振りかぶっていた男の腹に入った。

「なかなかしぶといな。生かしといてやったのは、令泉院に伝言があるからだ。『さっさと死ねよばばあ、殺すぞ』と伝えろ。一言一句《いちごんいっく》間違えるなよ」

尻餅《しりもち》をついた男の襟首《えりくび》を摑んで凄み、手を離す。

「それと、刀は没収。艶路、そっちのも取ってこい」

「あ、うん」

倒れ伏している男たちから腰のものを抜く。ピクリとも動かないのは死んでいるのか。しかし憐《あわ》れむ気は起きなかった。人を殺《あや》めようと刀を抜いた時点で、己の命を失う覚悟はできていなくてはならない。

「この人たちどうするの？」

「捨て置く。後はどうとでもするだろう」

「……信さん？　怪我《けが》したの？」

指先からぽたぽたと血が滴《したた》っている。

「ああ、切っ先が少しかすっただけだ、大したことはない」

よく見れば、袖の肘の辺りが裂けている。

「手当てを……早く楼に戻ろう」

次郎は自分の着物の袖を破いて、信之介の腕に巻き付け、縛《しば》った。

「あーあ、破っちゃった」

「この着物の分の借金は信さんにつけとくから」

「よかろう。なんでも払ってやるさ。……おまえを巻き込んですまなかった」

「俺は勝手に巻き込まれたんだよ。とにかく行こう」

歩き出した時、またなにか視線を感じた。ハッと振り返れば、見物人がかなりの数いた。

しかしそれではない。無害な視線と有害な視線の違いを感じ取るのは昔から得意だった。

「捨て置け」

信之介もわかっていたのか、そう言われた途端に視線が気にならなくなる。

今まで言わずにわかってくれた人なんていなかった。視線を感じるというと自意識過剰だと笑われることもあって、人には言わなくなった。

刀は引手茶屋《ひきてぢゃや》の刀を預かるところにまとめて置かせてもらい、楼に戻って信之介の傷の手当てをする。楼主は眉を顰《ひそ》めたが、なにか事情を知っているのか、なにも言わずに手拭いや桶《おけ》をくれた。

信之介にあてがわれている部屋に入る。四畳の部屋は布団《ふとん》が傍《かたわ》らに積まれているだけで、他にはなにもなかった。

信之介を座らせ、片袖を抜いたところまではよかったが、上半身が露《あらわ》になると目が泳いだ。男の裸なんて道場でいくらでも見てきたというのに、直視できない。

引き締まった二の腕の肘近くにある切り傷に視線を集中させる。血を拭《ふ》いてみれば傷口は長さ二寸ほどでそれほど深くはなかった。

「かすっただけだと言っただろう」

「でも血がたくさん出てた」

傷は火傷痕を切り裂いていた。本当に火傷の痕はそこにあった。けっこう広範囲に皮膚が引き攣れたようになっている。

「大丈夫だ、この程度なら縫《ぬ》う必要もない。その布をぴったり張り付けて、きつめに包帯を巻いてくれ」

「縫う？　人間を縫うの？」

「ああ。傷が深ければその必要もある。が、この程度なら放っておいても治る」

「信さんは医術の心得《こころえ》もあるの？」

「まあな」

「なんでもできるんだな……」

感心し、羨望《せんぼう》と尊敬の念を覚えながらも、どこか寂しかった。

信之介はやはり自分とは違う。今は同じ場所にいるというだけ。違う世界の住人なのだ。

「どうした？　艶路」

「別にどうもしない。それより、あいつら何者？　志野さんは使われてただけみたいだけど」

「志野を咎《とが》める気はない。わかっていたからな。まあ、待っていたようなものだ」

「待っていた？　襲われるのを？」

「ああ。襲われたかったわけではないが、さっさとケリをつけたいとは思っていた。でも、おまえを巻き込んでしまうとは……不覚だった。おまえに向かって矢が飛んでいった時には生きた心地もしなかったぞ」

「あれは俺も、死ぬかと思った……」

思い出しても恐ろしい。あの時は志野を護ることに必死で、恐怖心が麻痺していた。でも、あの男の腕がよければ、心臓を貫いていたかもしれないのだ。

「なぜ来た？　志野が連れてくるわけもなし」

「なぜと言われると……なんでだろう。志野さんが信さんを捜してたって聞いて、なんか嫌な予感がしたんだ」

「おまえは……変に勘がいいよな。迷惑なほど」

信之介は本当に迷惑そうな顔をした。

男たちは火傷痕を頼りに信之介を捜していて、信之介は捜されていることも、見つかれば襲われることもわかっていたらしい。

ここに身を隠していたのか、それともおびき寄せていたのか。少しずつ事実は明らかになるのに全容は摑めない。目の前でいろんなことが起きているのに、蚊帳《かや》の外なのだ。

「信さんは何者？　なにが起きてるの？」

「それは……まだ言えん。しかしわかった。他の男に触れられるくらいは些末事、とにかく生きていてくれればいい。艶路、死ぬな」

信之介の手が次郎の頬に伸び、じっと見つめる。

「言われなくても俺は全力で生きるけど。信さんは？　死んだりしないよね？」

「ああ。生きる。生きる」

信之介は力強く言い切った。しかし、なにかわからない不安が次郎の中に込み上げる。

「艶路、しばし……」

間近に顔を寄せられ、次郎は反射的に逃げるようにうつむいたのだが、顎を持ち上げられて唇が重なった。次郎はじたばたするがそれは心ばかりのこと。身体は少しも動いていなかった。接吻《せっぷん》を受け入れると身体の力はするりと抜けてしまう。

唇が離れ、解放されるかと思ったら、ぎゅっと抱きしめられた。

「達者《たっしゃ》でな」

「え？」

髪を撫でるように梳《す》かれ、額にも口づけられて、きょとんとしている間に信之介は出て行

ってしまった。

「え、信さん……？」

慌てて立ち上がって跡を追うが、もう姿が見えない。

「あれ、艶路さん。素敵な簪をしているじゃないか」

すれ違う者にそう声を掛けられ、怪訝《けげん》な顔で髪に手を伸ばした。簪など挿した覚えがない。

信之介が撫でたところに簪が一本。それは信之介が大事な人の物だと言った、あの家紋入りの簪だった。

其の十

それから信之介の姿はぱったり見えなくなった。

数日はどうしたのだろうとみな気にかけていたが、楼主が「信之介は旅に出た」と言って以降は誰もなにも言わなくなった。

ここでは人も消えもの。去った人のことを口にすることはない。ここより悪所はないのだから、幸せにやっているに違いない。たとえあの世でもここよりはまし……。現実は違っているとしても、そう思っていたいのだ。

それでもやっぱり心配で、寂しかった。

「辛気くさい顔だねえ。よかったじゃないか、客を取るところを見られずに済んで」

松葉の身支度を手伝っていると、松葉にそう言われた。

「それは……まあ、そうかもしれねえけど。あの、松葉ねえさんは博識なんだろう?」

「ねえさんなんて、取って付けたように言わなくてよろしい。で、なにが訊きたいんだい?」

「令泉院って、誰?」

「令泉院……それは将軍様のご生母であろう」

「将軍の、母⁉　なんでそんなお人が……」

「そのお人がどうなさった？」

松葉は噂好きの女のような顔をして身を乗り出してくる。

「信さん、殺されそうになったんだ。その刺客《しかく》を送ったのが令泉院っていう人らしくて」

「なんとまあ。まさか信さん、殺されてしまったわけでは、ないわいなあ……」

松葉は袖を口元に、心配そうな顔になる。

「いや、たぶん大丈夫。少なくともここを出るまでは生きてた」

「じゃあ、信さんがいなくなられたのは、そのせいでありんすか」

「どういう意味？」

「それはもちろん、居場所が知れてしまったら、また次の刺客が来るかもしれない。信さんはここの人たちを巻き込みたくなかったのではありんせんか」

「そうか……そうだよね」

次郎を巻き込んでしまったと自分を責めるようだった信之介を思い出す。

「じゃあもう戻ってこないのかな」

「ケリがつけば戻ってくるかもおへんが……ああ、苛々する」

「は？」

「おんしの顔はむかつくでありんす！」

「はあ？　んだよ、それ。俺の顔はけっこう評判いいんだぞ。おまえとは方向性が違うけど」

「顔の造作がむかつくのではありんせん。無垢《むく》な中味が透《す》けて見えるのがむかつくのでありんす」

「無垢？　俺が？」

「間違えた。鈍くて品のない中味、でおざんした」

「……なに怒ってんの？」

「怒っておへん。わっちのことはねえさんとお呼び。言葉遣いも改めなんし」

「怒ってるし……」

キッと睨まれて、黙る。

松葉とはうまくやっていくことを諦めたら、けっこううまくやれている。松葉は怒ったり拗《す》ねたり襲撃したりと忙しいが、意外に後は引かずサバサバしているのだ。

諦めることに慣れているのかもしれない。本来はきかん気で負けず嫌いの激しい気性なのだろうけど、我を押し通すことができない環境にずっといたから、気持ちを殺すことが普通になってしまった。

志野もきっとそうだ。かごの中にいると、飛ぶことを諦めて、やがて羽ばたくこともやめ、自分が飛べることさえ忘れてしまう。

志野はあれからも変わりなく働いている。信之介がいなくなったことにはかなり責任を感じているようだが、表情は前よりも少し柔らかくなった。飛ばないまでも飛べることは思い出したのではないか。

その証拠と言えるのか、

「艶路さん、わっちに剣術を教えておくれなんし」

と言ってきた。

「え……」

「駄目でありんすか？」

また諦めようとする志野を見て、駄目とは言えなかった。ここでもできることはある、と言ったのは自分だ。言ったことの責任は取るべきだろう。一人前になるまでは封印するという自分の中の取り決めを破ることになっても。

「ようござんす、やりんしょう」

自分も変わったと思う。剣術を封印する前は、それを手放さないといつまでも次郎であることを引きずって半端《はんぱ》なまま、艶路になる覚悟が決まらないと思っていた。

でも今はきっと切り離せる。いや、切り替えることができる。剣を握っても、楼に入れば艶路の物腰になれる……はず。

信之介がいなくなったことで、なにか腹が据《す》わったような、吹っ切れたような気がしていた。

甘えがあったのかもしれない。無意識に寄りかかっていて、心が独り立ちできていなかった。でも、もう信之介はいない。自分の足でしっかり立つしかない。

そんな当然のことが今までできていなかったことに打ちのめされる。

切り離すべきは剣ではなく、信之介への気持ちだった。

これから自分はちゃんと男娼になろう。商品になる。職人になる。自分の力で金を稼いで借金を返し、そして自由になる。

ここにいる人たちはみんなそうしているのだ。みんな望んでここに来たわけじゃない。男の矜持《きょうじ》さえへし折れば、子を孕《はら》んでしまう危険がないだけ男の方がましだろう。病気の危険はどちらもあるが、これはもう運としかいいようがなかった。

未来を信じてがむしゃらにやるしかない。

信之介のことはとりあえず忘れる。考えるのは自由を得てから。

志野に剣術を教えるのはいい息抜きになった。他にも教えてほしいという者が現れて、にわか剣術道場ができあがる。

自分の中の男を目覚めさせるのは、仕事にいい影響を与えるばかりではないかもしれないが、剣を振るっている時はみないい顔をしていた。

ばれたら絶対にやめさせられるので、こそこそ集まるのもなんだか楽しい。違う楼の知り合いもできて楽しくなる。

しかし心の真ん中にぽっかり空いた穴は、なににも埋めることはできなかった。だけどこれでいい。大事なものを失って、心は軽くなった。だから他の男に抱かれることだってできるに違いない。

ただ問題がひとつ。信之介は楼主に、性技に関してはもうなにも指導する必要はないと言ったらしい。艶路には演舞や教養などの勉強をさせるよう言い置いていったと告げられ、困惑した。

なにも勉強しなくていいわけがない。手練手管に関しては、ほとんどなにも教えてもらっていないといってもいいくらいだ。張り型も結局は入れていない。

かくなる上は自分でやるしかないかと、己の手で試みようとしたのだが、自分では指の一本も入れられなかった。

真剣と勝負した時より怖気《おけ》づいているのかもしれない。

指を入れたくらいでは死なない。みんなやっていることだ。そう思ってやってみるのだが、なかなか先に進まない。

それならもう一《いち》か八《ばち》か、出たとこ勝負でいいか、と折り合いをつける。つまり、ぶっつけ本番だ。最初の人には申し訳ないが、最初だからと諦めてもらおう。慣れれば奉仕する余裕もできるはず。

最初は信之介がよかったな……などと思ってしまってハッとする。

この期《ご》に及んでまだそんな甘ったれたことを考えている。松葉にむかつかれる理由がわかった気がした。

突出《つきだ》しの日が一月後に決まった。突出しとは新造からの卒業。独り立ちして客を取るようになること。次郎にとっては待ちに待った稼げるようになる日だった。

不安はいっぱいだが、やってやれないことはない。やってしまえばなんとかなる。

初めて客と同衾《どうきん》する「水揚げ」を早く突破してしまいたかった。

「艶路はお披露目《ひろめ》の道中をやるからね」

楼主は張り切っていたし、周りの新造や禿《かむろ》は羨《うらや》ましがったが、次郎は着飾って道を歩くようなのはできれば遠慮したかった。

しかし、お披露目の道中をさせてもらえるのは期待されている証拠。となれば、逃げ出すわけにはいかない。完璧にやり遂げてみせる。

「なんでわっちがおんしなんかのために……」

夜具や着物など突出しに必要なものは通常楼主が用意する。もちろんそれはそのまんま借金に上乗せされる。しかし道中での突出しとなると、その費用を捻出《ねんしゅつ》するのは姉女郎の御《お》役《やく》となるのだ。

「可愛い妹へのはなむけ、なんて。少しも可愛くないのだけど、しぶって野暮《やぼ》と言われるのだけは我慢ならないんだよ」

松葉が嫌そうな顔をするのも無理はない。

「ねえさん、よろしくお願いしなんし」

小首を傾《かし》げて可愛こぶってみせる。自分の借金が増えないのはありがたい。とはいえ、自分にも後からその御役は回ってくるのだが。

「ああ、可愛くない」

そう言いながらも松葉は馴染みの客たちに金の無心をする。

「この艶路が今度、突出し道中をすることになったんでありんす。芦野《あしの》様、わっちは可愛い着物を着せてやりたいんでありんすが……」

座敷での宴会の最中、次郎は目の前で松葉の艶《つや》っぽいおねだりを見る。その手練手管を盗まなければならないわけだが、これが自分にできるようになるとはとても思えなかった。

「そうかそうか、任せなさい。誰よりもよい着物を調達してあげようじゃないか」

「芦野様ならそう言ってくださると信じておりんした」

あっという間に金や物が集まっていく。

「まあ、わっちにかかればざっとこんなものでありんすよ」

松葉は客前とはうって変わった高慢な笑みを浮かべ、次郎を見下した。

「あい、さすが太夫でおざんすなあ」

にっこり笑ってみせれば、松葉の小さな鼻がひくひくと動いた。

「やっぱりむかつく……おんしなんぞ、高下駄《たかげた》でひっくり返って恥をかけばよい」

「んなこと言いながら、ちゃんと歩き方を教えてくれるんだよなあ。さすが太夫の器《うつわ》。尊敬してるでありんす」

言い返せば松葉はグッと口を引き結び、手元にあった煙管《キセル》を投げてきた。

「あっぶね」

すんでのところで避けて文句を言うが、松葉は明後日《あさって》の方向を向いている。次郎はひとつ息を吐き、居住まいを正して畳に両手を突いた。

「松葉ねえさん、いろいろとお世話いただき、ありがとうございました」

きっちり頭を下げる。本当に感謝はしているのだ、とても。

「わっちだって、ちょっとは悪いことをしたって思ってるから……」

松葉なりに襲撃したことは悪かったと気にしていたらしい。一度も謝りの言葉など聞いていないのだが。

次郎がにやりと笑うと、松葉は目を逸《そ》らした。

「ぼ、棒きればかり振り回しているわりに、挨拶《あいさつ》はよくなったじゃないか。……まあ、わっちには遠く及びんせんが」

「今はそうでも、そのうち追い越す」

「勝てやしないよ。わっちと違っておんしは男娼になぞ向いてないのだから……」

いつもの勝ち誇った顔とは違う悲しそうな顔をするから調子が狂う。

「男娼に向いてる人間なんかいねえよ。俺もおまえも、男にしてはちぃっと可愛くて、城を傾けるくらい魅力的すぎるってだけのことだ」

努力家で聡明。松葉ならきっとなんにだってなれただろう。生まれ落ちた場所が違っていれば……。

「自分を入れるなんて厚かましい。傾城《けいせい》はわっちだけでありんす」

「あいあい」

「おんしが傾けられたのは、信さんの心だけでありんすよ」

「信さんの……心?」

松葉の口からその名が出てドキッとする。

信之介が姿を消して二十日《はつか》あまり。日々は怒濤《どとう》のように過ぎて、抱きしめられたことがもう遠い昔のように思える。そのうち夢だったと思うようになるのだろう。胸がちくちく痛むのも、きっとなくなる。

「必ず信さんは戻ってくるよ。それまでに床《とこ》の達人になっていることでありんす」

話はこれで終わりとばかりに背を向けられ、冗談で言ったのか本気なのか判然としなかった。床上手《じょうず》になって信之介を驚かせるのも楽しそうだ。

「うん、頑張る」

すっくと立ち上がれば、松葉が呆れたような顔を向けてきた。

「ほんに馬鹿みたいに前向きでおすなあ……。いや、馬鹿なのか」

つぶやきは聞こえない顔で部屋を出た。

馬鹿でもいい。後ろ向きより前向きの方が歩きやすいに決まっている。

信之介もどこかで前向きに歩いているといいのだけど。また余生などとやさぐれていないか、まさか死んでやしないか……。

どんな未来も受けて立つつもりだが、信之介のいない未来にだけは前向きになれる自信がなかった。

世は太平――とはいっても、小さな戦《いくさ》は常に起きている。

「母上、これ以上勝手なことはしないでいただきたい」

「なんのことであろう。私は静かに隠棲《いんせい》しておりますよ」

「あくまでもしらばっくれるおつもりですか。すでに証拠はいくつも挙がっております」

「私を罰するつもりか!? 私はあなたを生んだ母ぞ」

「いかにも。しかし信之介にも生母はおりました。そして父は先の将軍。あなたが殺そうとしているのは、将軍の御子だ」

「あのような卑《いや》しい女から生まれた子供、ものの数には入らぬ！」

「卑しいと申すならば、その女に手をつけた父を責めるべきでしょう。拒むということはできぬ身分なのですから」

「だから、卑しい女が誘ったのじゃ」

「誘われても父には拒む権利があった。手をつけたからには責任を取るべきです。現に父上は信之介を見守っておられた。嫉妬《しっと》深い妻が怖くて表沙汰《おもてざた》にできなかったとは情けない限りだが」

「おまえはこの母を愚弄《ぐろう》するか!?」

「はい。これ以上愚行を繰り返すのであれば私にも考えがございます。母を殺された信之介には仇討《あだう》ちをする権利がある。どうなさいますか、受けて立ちますか。もうあなたに手駒《てごま》はないでしょう。老中《ろうじゅう》はあなたを見限り、信之介を次の将軍に擁立《ようりつ》しようとしている」

「な、なにを言うておる……おまえまで母を見捨てるというのか！ 私は、私はそなたのために……」

「そのような気遣いは無用。私の母であるならば、もう無様《ぶざま》な姿を晒《さら》さないでいただきたい。世の中は誰かひとりの思惑通りになど進まぬもの。なんでもあなたの思う通りにはならないのですよ。令泉院静音《しずね》、その方、堤《つつみ》が淵《ふち》に蟄居《ちっきょ》なされよ」

「な、な……」

「まだ刺客を送り続けるというのであれば、金が余っているものとみなし、生活費の支給を差し止める。くれぐれも気をつけられよ」

「春長《はるなが》！」

「控えよ。己《おの》が傲慢《ごうまん》を静かな堤のほとりで反省なさるがよい」

強く申しつけられ、令泉院は力なく項垂《うなだ》れた。息子《むすこ》の本気を漸く理解したようだ。

令泉院が去ると、控えの間にいた信之介が入れ違いに部屋に入る。

「これでひとつ片がついた。思いの外、証拠を握るのに難儀したが……。信之介、納得はいかぬであろうが、これにて落着としてくれるか？」

「ああ。まあ仕方あるまい」

上座の人間に下手に出られ、信之介は快諾とはいかぬまでも承諾した。

「おまえがあの刺客を捕らえておいてくれれば、もっと早く終わったのだがなあ」

先程までの威厳に満ちた姿はどこへやら。砕けた調子で嫌味を言う。

「それは……悪かった。どうもあの時は、冷静なつもりで頭に血が上っていたらしい」

「そりゃあな、可愛いあの子に矢を射かけられてはなあ……。おまえはこの一月よう働いた。早くすべてを終わらせたい気持ちがひしひしと伝わってきた。あと少しだ」

「間に合わなかったら本当に下克上するぞ」

「わかっておる。期限はあと七日だったな。まあそのうちには終わるであろう。なにより民のために、悪い芽は根こそぎ断たねばならぬ」

「わかってる。一日も早く、終わらせる」


夜闇に桜が舞い散るは、嘘の世界に咲いて散る花魁のごとし。

次郎の突出しは夜桜の日に合わせて行われることとなった。春になると突如として大通りに現れる桜並木。はらはらと花びらが舞う中、今日から私も徒花《あだばな》ですよと練り歩くのだ。

「おんしに横兵庫髷《よこひょうご》は似合いんせんが……まあ、初日は定番でいきなんし。着付けと飾り付けで派手に華やかにすれば、いろいろとごまかせるでありんしょう」

「ごまかすってなんだよ。言っとくけど俺、顔はきれいだぞ」

「顔だけだとわかっているところが、おんしの唯一の取り柄でありんすなあ」

横兵庫髷は全体に丸い印象で、後ろから見ると蝶《ちょう》が羽を広げたように見える。べっ甲の三《さん》枚櫛《まいぐし》に笄《こうがい》、簪をまるで光のように挿す。

「うるせえよ。でもまあ、髪型とか着る物とか、女物はよくわからないし。松葉ねえさんにお任せしんす。あ、簪だけ。これを使ってください」

次郎は信之介にもらった簪を取り出して、髪結《かみゆ》いに渡した。

「おお、これは素晴らしい……」

髪結いはその細工を見て目を輝かせたが、裏返して固まった。

「預かり物なんです。裏は見えないように挿してもらえますか」

「それはまあ……」

髪結いは困惑した表情で、最後の仕上げにその簪を挿した。

右斜め上を見上げれば、銀の鈴が揺れるのが目に入る。なんだか嬉しくなって、嬉しくなった自分に微妙な気持ちになった。簪を見て嬉しくなるなんて、まるで女ではないか。

しかし、信之介を慕うこの気持ちは、女と変わりないのかもしれない。

最近は若衆《わかしゅ》の花魁も色鮮やかで華やかなのが主流になっている。道中の見物客は、「まるで女だ」「女よりもきれいだ」と盛り上がるのだ。次郎もそのために日頃から派手な女物を身につけてきた。着慣れるうちに心も女に馴染んでいくのだろうか。

白粉《おしろい》は肌の美しさを見せるように薄く伸ばし、唇と目尻にも紅を差す。長いまつげと相まって、目元がとても艶っぽく見えた。

小袖は赤、金、差し色に緑。羽織《はお》った打掛《うちかけ》は白地に金の菊模様。前で結んだ帯には鳳凰《ほうおう》が飛んでいる。

次郎は呉服問屋《ごふくどんや》の息子だが、自分の着る物には興味がなく、選ぶ基準は動きやすいか否かだけだった。意匠《いしょう》や素材、重ね方などはここに来てから学んだ。しかし、興味のないことというのはなかなか頭に入らない。

次郎にわかるのは、

「すっげえ、高そう……」

それだけだ。

「高そうではなく高いのでありんす。このご時世《じせい》、わっちでなければこんな上質な物は用意できんせん」

松葉は自慢げに言った。確かに贅沢が禁止されている中、これだけの物をねだって贈らせるには、相応の魅力が必要だ。

「それはそれは……嬉しくはないけど、ありがとうございました」

「おんしのためではありんせん」

妹分に豪華《ごうか》な突出しをさせるのは、姉遊女《ゆうじょ》の力の見せどころ。それはよくわかっている。

「それでもありがとう」

しつこく礼を言えば、松葉は目を泳がせた。照れているようなのを見るのはけっこう楽しい。

素足に高下駄を履《は》き、自分の姿を見下ろす。これが艶路なのだと、自分にもお披露目する。あと何年か、自分は艶路という名で男を魅了し籠絡《ろうらく》し、金を稼《かせ》いで借金を返す。頑張ろうと思うのだが、やる気は溜息となって口から零《こぼ》れ落ちた。

信之介がこの姿を見たらなんと言っただろう。似合う似合うと鼻で笑っただろうか。まるで死んだ人のように思い出し、小さく笑う。

今の自分にとって信之介は死んだ人も同然だ。でも幸いなことに生きている。いつかわからないが、会える可能性がある。

「ずっとそういう顔をしているといい。まるで品も色気もあるように見える」

信之介を想う顔を見て、松葉がそう言った。

「俺はこれから男という男をメロメロにして、おまえより売れっ子になる」

「無理だと言っているでありんしょう。単純と単純では遊びが成立しないのでありんす」

「どういう意味だ」

松葉は答えず、謎《なぞ》めいた笑みを浮かべた。

今日の松葉は灯籠鬢《とうろうびん》という、石灯籠の蓋みたいな髪型をしている。町娘がちょっと派手になったくらいの格好は、同じような格好では自分の方が目立ってしまうから、今日くらいは花を持たせてやる、という気遣いによるものだ。

余計なお世話だと思ったのだが、この格好でももしかしたら松葉の方が視線を集めるのでは……と思えてきた。勝つと口では言っても、まったく勝てる気がしない。

「道中は七日間。明日はまた違う格好をさせてあげんしょう。いろいろと趣向を凝《こ》らしておりんす」

「おまえ……遊んでないか？」

「そんなの、遊ぶわいな。なにが楽しくておんしを着飾らせなくてはならないんだか」

見世の前には菓子屋の蒸箱が積み上げられ、久しぶりのお披露目道中に花見も合わさり見物人は多く、景気の冷え込んでいた街が活気づいていた。見世の面々もどこか誇らしげな顔で、忙しく立ち働いている。

悪所、苦界《くがい》と世間に言われる街は、なにかと華やかに装う。桜が終われば、端午《たんご》の節句《せっく》の花菖蒲《はなしょうぶ》が植えられ、八朔《はっさく》にはみなで白無垢を着る。祭りだ宴《うたげ》だと騒いで世俗を忘れる。

しかしそれも奢侈禁止令が出てからは、自粛《じしゅく》せざるをえなかった。

桜を植えたのは、お咎めも覚悟の楼主たちの意地。そこで行う次郎の突出しは、松葉の突出しの時以来の華やかな道中になるだろうと期待されている。

みんなの心が明るくなるのなら見せものになるのも悪くない。堂々と華やかに、いい見せものになってやろうじゃないかと気合いを入れる。

噂は信之介のところまで届くかもしれない。いや、届くくらいの道中を踏んでみせる。

「そろそろ行くよ、艶路」

楼主の声に次郎は腰を上げた。

着飾った新造たち、提灯《ちょうちん》や長手傘《ながてがさ》を持った若い衆など十人ほどの一団。遣手のおうめら、教育に携わった者たちすべてが道中を共に行う。だから本来なら信之介もいたはずなのだ、この中に。自分の、隣に――。

そう思うと、不在が身に差し迫って感じられて胸が痛んだ。

菱原に来た時、最初に見たのが松葉の花魁道中だった。あの時も道中の中に信之介の姿はなかったが、ちゃんと護っていた。

今はいない。見守ってくれてもいない。

代わりに、ではないが、次郎の後ろには松葉がいる。突出しの花魁の後ろを、御役を任された姉花魁が歩くのは、お披露目道中の習わしなのだが、心強さより圧力ばかりを感じる。

主役が引き立て役になるなんて最悪だ。

「負けねえ……」

ボソッとつぶやけば、それが聞こえたのか、松葉は人を馬鹿にしたような余裕の笑みを浮かべた。

むかつくのだが、身近に発奮させてくれる相手がいるのは、今の次郎にはありがたかった。

大通りの両側に並ぶ引手茶屋。その軒先《のきさき》に連なる赤い提灯。これに火が入ると、花街《はなまち》の夜明けだ。妖《あや》しい赤の光は人々の欲望を照らす。

その中に次郎は足を踏み出した。凜《りん》と前を向く。緊張感で伸びる背筋。高下駄で外八文字《そとはちもんじ》を踏むのは焦れったいが、ゆっくりと肝《きも》が据わっていく。

ここで生きていく——その決意を周囲に見せつける。

「こりゃまた別嬪《べっぴん》さんやなあ」

以前ならぶっ飛ばしていたであろうその言葉も、褒め言葉と受け取ることができた。それは自分が変わったから、ではなく、容量が増えたから。

嘘ばかりの世界を生き抜くため、艶路というもうひとりの自分を受け入れた。受け入れれば変わらざるを得ないのかもしれないが、それでも前に進む。進むしかない。

なかなかの筋力を必要とする歩行を終え、茶屋の中へ入る。

「厠《かわや》!」

次郎は重い着物をものともせず、どたばたと厠に駆け込んだ。用を足してホッとして、また松葉に「はしたない」などと罵《ののし》られるのだろうと思いながら玄関へと戻った。

しかし、それどころではなかった。

「え、艶路さん! 大変、松葉ねえさんがさらわれちゃったでありんす!」

新造が悲鳴のような声を上げて走り込んでくる。

「は⁉　なに、どういうことだ⁉」

「変な男が、おまえが艶路か？　って松葉ねえさんに訊いて」

「艶路？　俺？」

「松葉ねえさんが、何用か？　って訊き返したら、いきなり男に殴《なぐ》られて、それで……」

さらわれてしまったらしい。素足で外に出れば、周囲は騒然としていた。

「うあっ！」

若い衆が見知らぬ男に刀で斬られ、その先に大柄の男が肩に松葉を担いで走り去るのを見つける。

「なんかわかんねえけど、わかった。とにかく俺はあれを追いかける」

「え⁉　艶路さんっ」

次郎は打掛を脱ぎ捨て、裾《すそ》の前を割り、素足のままで駆け出した。

「え、艶路⁉」

騒ぎを聞きつけたのか、楼主が通りまで出てきて、次郎が走ってくるのを見て顔を引きつらせた。

「松葉がさらわれたんだ、追いかける！」

「お、追いかけるっておまえっ」

走りには自信がある。人ひとり抱えた大男に負けるわけがない。でも、

「走りにくいったらねえ！」

着物が重いのだ。しかし帯を解いている時間はない。

信之介がいてくれたら……と思ってしまう。松葉がさらわれてしまうようなことにも、若い衆が斬られてしまうようなことにもならなかっただろう。

だけど、いない人のことを言ってもしょうがない。なぜ自分が狙われたのかなんてわからないけれど、今は考えている時ではない。ただ走る。

男たちは三人組だった。島を囲む背丈よりかなり高い塀《へい》には、はしごがかけられていた。塀の上で待ち構えていた男に松葉を渡し、向こう側へと下ろす。どうやら沼に舟を浮かべてそれに積んでいるようだ。

「待て！　待て、そいつじゃない、俺が艶路だ！」

その言葉に男たちの動きが止まったが、次郎を見てすぐにまた作業に戻る。次郎がはしごに手をかけようというところで、はしごを引き上げられてしまった。

「ちょ、おい！」

「艶路というのは大層可愛い若衆花魁だと聞いている」

塀の上の男はそう言い残して、塀の向こう側へと消えていった。

「どういう意味だ、それは！」

怒鳴《どな》りつけ、塀の上に飛び上がろうとするが、そもそもそう簡単には出られないようになっている。

諦めて来た道を戻り、大門《おおもん》から外へ出ようとするが、当然ながら止められる。

「必ず戻ってくるから、今だけ出してくれ！　今ならまだ間に合う」

「駄目だ」

番人は聞く耳を持たない。

「通してやってくれ。私が許可する」

そう言ったのは次郎の全権を持つ人間。楼主だった。

「木の屋さん……本当にいいのか⁉」

「ああ。私がいいって言ったらいいんだよ。艶路、これが通行手形、大門切手だ、持っていきな。朱の大門で見せるんだよ」

「あいっ！」

「いい返事だねえ……」

女街を疾走《しっそう》する花魁に誰もが目を奪われた。

大門で息を切らし切手を見せるものの、偽物《にせもの》ではないか、盗んだのではないかと疑われる。

「ざっけんな、時間がないんだ、見失っちまうだろ！」

すでにもう遅いかもしれない。しかし行ってみなくては諦められない。

怒鳴れば反感を買ってしまったが、

「おまえ、艶路って信之介の……」

奥から出てきた番人の上役《うわやく》らしき男が次郎を繁々《しげしげ》と見て、切手を確認する。

「信さんを知ってるのか？」

「ああ。……いいだろう、通れ」

「ありがとう！」

走る。まだ日が暮れたばかりの時間、この道を行くのは菱原に向かう人ばかり。流れに逆らって走る花魁に人々は奇異の目を向けたが、そんなのは気にならなかった。久々の娑婆《しゃば》だが感慨《かんがい》を抱く余裕もない。道を横に逸れ、沼の外を巡る小道に入る。

満月に近い月夜で月明かりはかなり明るかったが、荒れた道は小石も多く、足が痛くて思いっ切り走れない。男たちはもう舟を下りて行ってしまったかもしれない。考えはどんどん悲観的になっていく。

しかし――。沼は遊女の脱走を阻《はば》む。泳いでその結界を越えることはできない。伝説は本当なのかもしれなかった。

「んだよ、この沼は。行きは簡単だったのによう」

そんな声が聞こえ、道の先にぼんやり灯《あか》りが見えた。希望の光だ、と思ったのだが。

「くそ、馬かよ！」

泣きたくなった。松葉を運ぶのが駕籠《かご》なら追いつけると思ったのだが、馬では厳しい。

「ま、待っ……」

息が上がって大きな声が出ない。蹄《ひづめ》の音は徐々に遠ざかっていく。

それでも惰性のように足は進む。追える限りは追い続けることをやめられない。

比較的広い通りに出ると、男たちが行ったのとは反対の方向からゆっくりと馬が近づいてきた。どうやら侍だ。次郎は道の真ん中にうずくまる。

「どうした、女。こんな夜分に……」

「す、すみませぬ。足をくじいてしまいました」

「なんと」

馬から下りる気配。優しい侍には申し訳ないのだが、緊急事態だ。

次郎は近づいてきた侍に向かって頭突《ずつ》きをするように立ち上がり、侍が避けて体勢を崩した隙に手綱《たづな》を奪った。

「ごめんなさい、お侍様。必ずお返しいたしますから、ここで艶路に馬を奪われたと、菱原の妓楼、木の屋に申し出てくださいまし」

そう言って次郎は、裾をめくりあげて馬の背に飛び乗った。

「な、なんと、待たぬか！」

「ごめん、緊急事態なんだ」

馬の腹を強く蹴り、走り出す。隠れて馬に乗っていたのがこんなところで役に立つとは……。心の中で孝蔵に感謝する。

思えば、このまま孝蔵に会いに行くこともできるのだ。久しぶりの外の空気。風の匂いも土の匂いも、中とは違う。

でも自分は自由になったわけではない。足枷《あしかせ》は遊廓《ゆうかく》に繋《つな》がっている。

両側に野原が広がる一本道。月明かりを頼りに速度を上げる。前の馬は松葉を乗せているのだ。そんなに速くは走れないはず。

「おまえ、鼻は利くか？　前の馬を捕まえたいんだ。頼むよ」

次郎は前のめりに馬に話しかけ、手綱を打った。


さほど走ることなく道は細くなって山道になる。馬が立ち止まり、鼻を右に向けた。

「匂いがするのか？」

おとなしく馬の歩みに従う。

そうしてしばらく進むと前が開け、古びた寺があった。雑草が生《は》えまくっている様子から、僧のない廃寺のようだと推測する。

「ありがとう。ちょっとここで待っててくれ」

そう馬に話しかけ、木陰の見えにくい場所に手綱を括《くく》りつけて寺に近づく。

裏手に回ると馬がいた。男たちは三人いたが、二頭しかいない。しかし耳を澄ませば馬の息づかいはまだ荒かった。まず間違いないだろう。

「利口な馬で助かった……」

そっと寺に近づき周囲をぐるっと回ってみるが、中の様子を窺《うかが》い知ることはできなかった。忍び込むしかないのか。正面切って「俺が艶路だ」と乗り込んでいったら、おとなしく松葉を解放してくれる……とは思えない。最悪その場で斬り捨てられるだろう。人を斬ることをなんとも思っていない連中なのは、若い衆を斬ったことからも明らかだ。

なぜ自分を捕らえようとしたのか……。

そんな物騒な心当たりといったら、信之介を殺そうとした奴らくらいだ。失敗したから、今度は自分を餌《えさ》に信之介をおびき寄せるつもりか……？

きっと信之介は捕らえられたのが誰であっても、呼ばれれば現れるだろう。

しかしここに来たら信之介は殺されてしまうかもしれない。松葉を楯にされたら手も足も出ないだろう。

だからなんとしてもその前に松葉を救い出さなくてはいけない。

でもどうすれば……。

馬が二頭ということは、少なくとも二人はここにいるはずだ。刀を持った武士二人相手では分が悪すぎる。

とりあえずなにか武器になるものを探そうと、木立《こだち》の中に足を踏み込んだ。しかし、月の光が届かないところは暗くて、なかなか手頃な木切れなど見つけられない。

そこに馬が一頭近づいてきた。次郎は身を潜め、息を潜めて様子を窺う。

それはどうやら男たちの仲間で、馬を繋ぐと寺に入っていった。

木戸が開いた時に中が見えた。行灯《あんどん》のぼんやりした灯りの中、正面奥に松葉が項垂れて座っていた。意識があるのか、どこかに繋がれているのか。すぐに戸が閉まって、そういうことはわからなかった。

繋がれているなら、縄を解《ほど》かなくては助け出せない。意識がなければ、自分に松葉を担いで逃げるのは無理だ。

一か八か賭《か》けてみるか。いや、まずは一度試してみるか。

次郎はそっと馬に近づく。ぶるる、と馬たちは見知らぬ気配に警戒を示した。

「ごめんな……」

一頭の手綱を解き、馬の尻を思いっ切り叩《たた》いて、物陰に取って返す。馬は嘶《いなな》いて走り出し、すぐに木戸が開いた。

「馬が！　誰だ、ちゃんと手綱を繋いでなかったのは！」

慌てた様子で男たちが馬に向かって走り出す。

松葉は顔を上げていた。意識はある。手は後ろに回っていて、背後に柱があるから繋がれている可能性は高い。

男たちは誰かがいるとは思ってもみないのか、ただ間抜けなのか、三人とも馬を追いかけている。今なら……。

次郎は簪を一本抜いて帯の間にしまった。三人の姿が見えなくなったところで走り出す。一気に階段を三段ほど駆け上がり、元は本堂だったらしいところに飛び込んだ。

「え、艶路⁉」

「逃げるぞ」

「駄目だ、手が」

やっぱり繋がれていた。後ろに回って縄の結び目を解くが、固くてなかなか緩まない。

「戻ってくる、逃げなんし」

顔を上げると、外にいた男と目が合ってしまった。万事休《ばんじきゅう》す。

「おい！　なんかいるぞ！」

裏から逃げることは可能だったが、やめた。

「おまえ、さっきの！」

呼び止めた次郎のことを覚えていたらしい。

「そう。俺が艶路だ。って言ったら、こいつ放してくれる？　……わけないか」

「本当におまえが艶路なのか？」

「さあ、どうでしょう」

「……とりあえずこいつも縛っとけ。奴が来ればわかる」

後ろ手に縛られ、二人で同じ柱に繋がれる。

「馬鹿でありんすなあ」

「そもそもおまえが馬鹿なんだろ」

睨み合えばなぜか笑いたくなった。状況は最悪だし、松葉がいたところで足手まといにしかならないのに、なぜだか心強く感じる。松葉もそう感じているように見えた。

「おまえ、どうやってここまで来た？」

男が次郎に訊《たず》ねる。

「走って」

「はあ？　んなわけあるか。他に仲間がいるのか⁉」

「いないよ。俺はちょっと妖《あやかし》の術が使えるんだ。どろん、と飛んできた」

「てめえ、馬鹿にしてんのか⁉」

「してない。廓の中ではけっこう噂になってるんだけど、娑婆ではそういう話ないの？」

次郎は真面目な顔でしれっと言う。よもやこの格好で馬に乗ってきたとは思うまい。

「そういえばこないだ消える化け猫の話が……」

「こいつが化け猫なわけないだろ！」

市中には必ず一つや二つ化け物の噂話があるものだ。そして人々は化け物の存在を半分くらいは信じている。

「じゃあ縄抜けしてみろ」

まったく信じていなければそんなことは言わない。

「それはできない。繋がれると駄目なんだ」

「やっぱ猫だ、化け猫だ」

ひとりはどうやらかなり信じやすい質《たち》らしい。しかし主犯格と思《おぼ》しき男はまったく信じていないようだった。

「表を見てこい。まだ誰かいるかもしれない」

あの馬が見つからないことを祈るしかない。もし殺されでもしたら、馬にも飼い主にも申し訳がたたない。

「おじさんたちはなぜこんなことしてるの？」

なんとか足止めしたくて話しかけるが、ひとりは出て行ってしまった。

「おまえに話す必要はない。知ったってしょうがないさ」

男はニヤッと笑った。どうせ死ぬんだから……そう言いたいのだろう。

「化け猫を殺したら祟《たた》りが……」

「おめえはうるっせえよ！」

次郎は試しに「にゃあ」と鳴いてみた。二人ともビクッとして、思わず笑ってしまう。するると思いっ切り頬を殴られた。

「ふざけんな！　今すぐ殺してもいいんだぞ!?」

なかなかの小心者のようだ。

「あ、兄貴！」

そこに、外に出ていた男が慌てたように戻ってきた。さては馬が見つかったかと焦ったのだが、男の後ろにゆらりと黒い影が現れた。男を押し出すように前に出たその影は、行灯の灯りに照らされて、黒い武士の形となる。黒ずくめの袴姿、腰には二刀差し。

「信さんっ」

松葉が縋《すが》るような声を発したものだから、次郎は名を呼び損ねた。でもその姿を見た途端、全身から力が抜け落ちるような安堵《あんど》を覚えた。

「おまえが高藤信之介か。早かったな」

「そりゃあ、俺の大事な花魁をさらわれたと聞いたらな。二人も、とは聞いてないが」

「ひとりは勝手に来たんだ。どっちがおまえのイロなんだ？」

「どっちも、だ」

「そりゃあ……ここで修羅場《しゅらば》はやめてくれよ」

男はにやにや笑っているが、信之介に只《ただ》ならぬものを感じるのか、松葉を楯にするようにして、ずっと刀に手をかけている。

「俺に用があったんじゃないのか？」

「それは……直接話をされる。お呼びしてくるからしばし待て」

「呼んでおいてそれはないんじゃないか？　俺はそんなに気が長くない」

刀に手をかけた信之介を見て、男たちは慌てて抜刀し、松葉と次郎の首筋に刃《やいば》を当てた。

「動くな。この細い首かっ斬るぞ。刀はこっちに寄こせ」

信之介は腰のものを抜いて床に置き、その場にどかっとあぐらを搔《か》いた。

手の空いていたもうひとりの男が、信之介の刀を次郎たちの側へと移動させ、それから外に走り出して行った。依頼主を呼びに行ったのだろう。いったいどれくらいかかるのか。

しかし、不安や焦りは感じなかった。

もう会えないかもしれないと思っていた人が、目の前にいるのだ。このまましばらく信之介の姿を見ていられると思えば、危機的状況なのに心はほわほわしていた。

信之介は入り口に背を向け、次郎たちに対峙して座っている。まるで幻《まぼろし》でも見ているかのようにじっと見ていると、信之介がこちらを見て目が合ってドキッとした。

信之介は表情も変えず、次郎を上から下までじろじろと見て口を開いた。

「頬が赤いな。……着物もボロボロだし」

そう言われて殴られたことを思い出す。頬はじんじんしているが、どちらかというと足の裏の方が痛い。

「殴られたし、走ったし……」

「殴られた？　誰に？」

次郎は視線を松葉の首筋に刃を突き立てている男に向けた。

「ふーん」

信之介にじろっと見られて、男は目を逸らした。

それから小半時ほど微妙な空気が流れる。どういう状況なのかさっぱりわからない。が、危険な状況であることは間違いない。自分たちがこうして囚われている限り、信之介はなにもできない。

「おい、もぞもぞするな。首が切れるぞ」

次郎の首筋に刀を当てている男が言った。

「へえ、心配してくれるなんて、わりと優しいんだ。じゃあ厠行かせてくれない？」

次郎は斜め上を見上げて言った。うっすら笑《え》みなど浮かべて。

「だ、駄目だ、我慢しろ」

「ええー」

そんなやり取りを信之介は冷たい目で見ている。松葉に「おんしさっき行ったのでは」と言われたが、茶屋で厠に行ったのがもうずいぶん前のように思える。しかし確かに尿意はない。もぞもぞしていたのには他の理由があった。

そうこうしていると、信之介の背後の木戸が開いた。

「お待たせしたかな」

出て行った男を従えて入ってきたのは、五十がらみの恰幅《かっぷく》のいい男だった。羽織の間から突き出た腹も狡猾《こうかつ》そうな表情も、古狸《ふるだぬき》という表現がよく似合う。

「待ちましたよ、老中・川浪《かわなみ》殿」

信之介は振り返りもせずに言った。老中と聞いて、次郎も松葉も目を丸くした。町奉行のさらに上、庶民は一生涯会うことなどないような、雲の上の人だ。

「おやおや、私だとわかっておられたか」

「そりゃあ、こんな品のない呼び出し方をする人、あなたくらいしか思い当たりません」

「きみが姿を消すからいかんのだよ。話のしようもないじゃないか」

「話は断ったはずだ。俺は、いざとなったら逃げそうな奴と手を組むほど、愚《おろ》かじゃない。しかも艶路をさらうなど……。あの刺客は令泉院のばばあではなく、あんたが差し向けたのか」

「刺客など私は知らぬよ。確かに令泉院殿に貴殿を殺せと言われたが断った。もうあの女に利用価値はない。母が母なら、息子も息子。自己主張ばかり強く、将軍の器ではなかった。

あの女を見返したいのだろう？　それなら、将軍になればいい。貴殿にはその資格も資質もある」

「資質ねえ。あんたは俺に謀反《むほん》を起こせと言うのか？」

「そんな大事ではない。あの将軍はもう長くは保たぬ。女好きなわりに御子もないし、貴殿が弟だと名乗りを上げさえすれば、正統な第一後継者になれる。私が後見人になれば、将来は約束されたようなものだ」

将軍の、弟――。

この会話はたぶん国の一大事だ。それがこんな廃寺で、自分たちの目の前で話されている。しかもその片方は廓の用心棒だった男。

これまでたびたび感じていた信之介の態度に対する違和感。そこに、前将軍の隠し子という要素を入れると、すべてが腑に落ちる。信じられないけど、納得できてしまう。

「俺は将軍の生母を殺そうとした男だぞ。あんたはそれを見ていたはずだ」

「あの時は驚いたが、事情を聞けば無理からぬこと。貴殿がやったのは親の仇討ちだ。悪いのは令泉院。だからこそ春長公も情けをかけたのだろう。将軍になれば、お母様も草葉の陰でさぞ喜ばれる」

衝撃の事実が次々に暴露され、なにも口を挟めなかった。呆然と松葉を見れば、やはり驚いた顔をしている。

「そんなことを言うために、こんなことを？　こういうやり方で俺がうなずくと思うのか？」

「うなずかざるを得ない。断れば、貴殿もこの二人も命を落とすことになる」

「それで？　俺が将軍になったとして、あんたの言うことを聞くとは限らないぞ？」

「これに……名を連ねてもらいましょう。今回の密約に関する血判状《けっぱんじょう》だ。ここに名のある者はあなたを推す、あなたは私を取り立てる。持ちつ持たれつ。裏切りは許されない」

「ほほう。これはいい」

にやりと笑った信之介の顔は、よからぬことを考えている時の顔だった。

「し、信さん？」

「俺が将軍になれば、おまえら二人とも身請《みう》けして自由にしてやるよ」

本気なのか冗談なのかさっぱりわからない。

「そういうことじゃなくて……俺たちのことはいいから、そういう胡散《うさん》くさいのに荷担するのはやめなよ」

「そうでありんす。わっちは信さんと一緒に死ねるのであれば本望でありんす」

「男娼どもがうだうだうるさい。おまえらには関係のないことだ」

川浪の明らかに馬鹿にした物言いにむっとする。

「関係ないなら連れてくんじゃねえよ」

「これはまた品のない花魁だな。将軍になれば、男も女もよりどりみどり、なんでも思いのままだぞ。こんなのを相手にすることもない」

それはきっとそうなのだろう。いくらでも選べる。なにも男娼など相手にすることはない。将軍にならなくても、信之介ならそうかもしれない。

廓の中は特殊な世界だ。廓の中では旦那でも、外に出れば赤の他人。嘘の世界にだけ存在する陽炎《かげろう》のように儚《はかな》い絆《きずな》。

信之介はもう違う世界の人になった。ましてや将軍だとか謀反だとか、なにがなにやら……。

そもそも遠い人だったのだ。なのに、近くにいすぎた。触れることも……接吻さえもできた。でもそれは奇跡のようなことだったらしい。

もう触れることはできない。気まぐれで客として来てくれれば、会うことも触ることも、抱かれることだってできるだろうが、それはしてほしくなかった。

伏せていた目を上げれば、信之介と目が合った。しかしまたすぐに伏せてしまう。

「よりどりみどりなんて、たいしていいことじゃない。俺は、たったひとつの輝きを手に入れられればそれでいい」

それを聞いてまたちらりと目を上げる。信之介の真っ直《ます》ぐな視線はまだ自分に向けられていて、顔が赤くなった。

そんな顔でそんなことを言われたら期待してしまう。しかし、たとえ気持ちが通じていたとしても、どうなるものでもない。

夢は夢のままにしておいた方がいいこともある。松葉が信之介に憧《あこが》れながら、手の届く存在にしたくなかった気持ちがやっとわかった。恋に恋している状態は、発展など期待しないから叶わなくても傷つかない。

遊廓にいる限り、たとえ想いが通じても発展なんてしないのだ。

だけど今は、生きてここを出ることだけ考える。どんなことだって、命あっての物種だ。

「欲のないことだ。しかし環境が変われば考え方も変わる。さあ、署名を」

「俺にはこれ以上ないでかい欲なんだが……あんたには永遠にわからないことだろうな」

信之介が川浪になにも期待していないのがわかる。考え方がまったく相容《あいい》れない相手。しかし信之介は差し出された筆を手に取った。

生きることが最優先。だが、自分の存在が信之介の枷になるのであれば、松葉の言った通り死んだ方がましだ。

「信さん？」

まさか書くつもりかと訝しく声を掛ける。

信之介は安心させるように微笑《ほほえ》んで筆を滑らせた。さらさらと、意外な達筆。

次郎は焦って、もぞもぞ動く身体の振り幅を大きくした。すごく厠に行きたくなったわけでは、もちろんない。

縄の結び目はかなりきつかったが、簪をその間に通してもぞもぞ動かすと徐々に緩んだ。信之介の大事な簪だが、それが一番先が細くて丈夫そうだったから、帯の間に潜ませておいたのだ。無駄に長い袖は手元をうまく隠してくれた。

やっと広がった縄の輪から右手が抜けた。全員の視線は信之介の手元に集中している。

こっちを見てくれと、強く気持ちを込めて信之介を見つめる。それが通じたのか、ただ顔を上げただけか、信之介がこちらを見た。

次郎は襟の合わせから指先をほんの少しだけ覗《のぞ》かせてみせた。

信之介が一瞬目を丸くして、小さく笑った。見えたのは間違いない。

「血判を押す。その刃をちょっと貸してくれ」

信之介は松葉の首筋に当てられている刀を指さして言った。

松葉が自由になっても、人質《ひとじち》にはまだ次郎がいる。その安心感からか、男はあっさり松葉から離れ、切っ先を信之介に差し出した。

血判を押すためには指を少しだけ切って血を出す。だから信之介が刀に向かって手を伸ばすのを誰も不審には思わなかった。ただ次郎だけが密《ひそ》かに身構える。

一瞬、信之介が次郎を見て、その手は鋭い手刀《てがたな》となって男の喉《のど》に突き入れられた。

同時に次郎は、自分の首筋に刀を当てていた男の手首を摑み、斜め下からみぞおちに向けて肘を突き上げた。

「クゥッ――」

油断していた男は息を詰まらせ、簡単にその手から刀を奪うことができた。近くにあった信之介の刀も摑んで振り向けば、信之介は松葉を背にして刀を構えていた。

信之介に刀を奪われた男は床に倒れて動かない。次郎に肘打ちされた男は胸を押さえてうずくまり、他の二人は驚いてまだ刀を抜いてもいなかった。

次郎は走って松葉の後ろへ回り、手首の縄を切る。

松葉もまだ状況が吞《の》み込めていないらしい。きょとんとしていた。

「下がっていろ」

信之介にそう言われて、次郎は松葉の肩を抱いて後ろの壁際まで下がった。

川浪たちが遅ればせながら刀を抜いたところで、木戸が開き、提灯の光が雪崩れ込んできた。その光が道を作り、中央に進み出てきたのは見覚えのある男だった。

紋付きの羽織袴、腰には大小、頭には陣笠《じんがさ》。妓楼では春之介と名乗っていた。

「遅い」

信之介が睨みつける。

「悪い悪い。ちょっと出がけに脇坂が厠に行くとか言い出して」

「嘘つけ。俺が血判押すのを外で待ってただろう」

「そんなわけないだろ。後々役に立つなぁとか、全然思わなかったし」

こんな場面でも飄々《ひょうひょう》としたやり取りをする腹違いの兄弟。

「う、上様」

呻《うめ》くように声を出したのは川浪だった。

「ああ、顔は覚えてくれていたのか。まあ、忘れられていても一向にかまわなかったんだが。やっと尻尾《しっぽ》を出してくれて助かったよ。これ以上焦らすと信之介が切れそうだったからね。しかしこれは……素晴らしい、非の打ち所がない血判状だ。見事に私欲に走った無能な愚か者ばかり名を連ねて……ああ、中に数人脅《おどか》されて書かされたみたいなのがいるけど、書いちゃったものはしょうがない。これだけの家が取り潰されると俸禄《ほうろく》がぐんと減って、とても助かる」

春之介は血判状を手に笑った。嬉しそうで恐ろしい笑みに、この人に逆ってはいけない、と次郎は本能で悟った。逆らったらものすごく底意地の悪い仕返しをされる。精神的に再起不能にさせられる。そんな恐ろしさを感じた。

「な、な……それは、戯れ言で、別に……」

川浪はなんとか言い逃れようと試みるが、裏切り者を出さないための血判状は、敵に知れれば企《たくら》みが丸ごと露見する絶好の証拠品となる。

「惜しむらくは最後の署名に判がないことくらいかな」

それはもちろん信之介の血判のことだ。

「俺には守り神がついているんだよ」

信之介はにやっと笑って、次郎を引き寄せた。次郎は信之介の刀を両手に抱いたまま抱きしめられる。

「お、俺……？」

信之介の腕の中、次郎はカーッと頬に血を上らせた。

「やっぱり欲しいなあ。荒事《あらごと》も平気なきれいどころ」

「絶対、やらん」

強く抱きしめられれば、次郎はますます強く刀を抱きしめる。

脇坂の指示で男たちは捕らえられ、引っ立てられていった。

「川浪、おまえはどうする？　ここで腹を切るか？」

「は、腹を……」

「切るしかないだろう？　おまえは私を殺そうとしていたのだから。臣下が将軍の首をすげ替えようとしたんだ。それも私利私欲のために。なんなら斬首《ざんしゅ》でもいいが？」

武士の最高刑は斬首だが、それに値する刑であっても切腹となることがほとんどだった。体面を重んじる武士にかけられる最後の情けだ。

「わ、私は殺そうなどしておりません！　余命幾ばくもないという話を聞いて、政務も滞《とどこお》っているのに、権力にしがみついているような人は将軍に相応《ふさわ》しくない。他に相応しい方がいらっしゃるのなら、と……お国のためを思えばこそっ」

川浪が絞《しぼ》り出すように言い訳をする。

「へえ、余命幾ばくもないなんて噂が流れてたんだ？　余命幾ばくもなくする、の間違いじゃない？　私はちょっと風邪《かぜ》をこじらせていただけだ。国を憂《うれ》えていたのなら、一度くらい様子伺《うかが》いに来るべきだったな。ちなみに滞っていた政務は、不要な普請《ふしん》、おかしな支出に関するものだけだ。もちろんわざと滞らせていた」

川浪は口をぱくぱくさせ、それでもなにか言い返そうとする。

「俺は政務が滞ってるなんて話、聞いてねえぞ。将軍になれば、男も女もよりどりみどり遊び放題だと勧誘されたんだが……。どういう将軍が理想なんだ？　老中様」

そう追い討ちをかけた信之介を川浪は睨みつけた。

「貴様にとってこの男は仇だろう！　なぜ荷担する⁉」

「俺の仇は令泉院だ。母親憎けりゃ息子も憎いなんて、それじゃあの女と同じに成り下がっちまう。母親がいかれてるのと、こいつがいけ好かないのはまた別問題だ」

信之介が言えば、川浪は黙った。

「おまえなあ。私は腹違いとはいえ、おまえの兄で将軍様なんだぞ？　もう少し敬《うやま》え。畏《おそ》れろ。『無礼者め、打ち首に処す！』なんてこともできるんだからな」

「したければすればいい。そういう奴なら俺もさっさと血判押したんだが」

「なんだろうなあ。そういうとこ、うまくて腹立たしくて、今のうちに芽を刈っておこうかという気になっちゃうよなあ」

将軍はへらへら笑い、信之介は知らぬ顔で、川浪は深く項垂れている。その川浪も同心たちに引っ立てられていった。

「これでだいぶ風通しがよくなるな。ご苦労だった、信之介。そこなきれいどころ二人も大儀であった。艶路の傷の手当ては信之介に任せるとして、そっちの子は……」

「松葉は私が。責任を持って木の屋に送り届けます」

前に進み出たのは脇坂だった。松葉が少し驚いたような顔で脇坂を見る。

「ふむ。まあ今宵《こよい》はゆるりとするがよい。明日、楼に戻る前に二人とも城に来るように」

「明日、でございますか。では私は、松葉を家に置いてから、今宵のうちに血判を押した者どもを引っ捕らえにまいります」

「よい。もう今さら逃げも隠れもできぬ。私を討っても時すでに遅し。本人が逃げたところで家の取り潰しは免れない。ということで、私は帰って寝る」

将軍は背を向けて出て行き、お付きの者たちもぞろぞろと引き上げていった。

「そういうことだ。松葉、立てるか?」

「あ、あい……」

脇坂は松葉の手を取って立ち上がらせると、そのまま引き寄せて抱きしめた。松葉はその腕の中にすっぽりと収まる。

「無事でよかった」

「脇坂様……ありがとうで、ありんす」

小さくなって抱きしめられている松葉が今の自分に重なる。あんなに可愛らしくはなっていないはずだが、急に恥ずかしさが込み上げてきて、次郎は慌てて信之介から離れた。

「あの、俺は自分で戻れるから」

抱きしめていた刀を信之介に押しつけ、くるりと踵《きびす》を返した。歩き出せば足の裏がひりひり痛む。しかし、数歩歩いたところでそれがフッとなくなった。

腰を両手で摑まれ、軽々とまるで米俵《こめだわら》のように信之介の肩に担ぎ上げられる。

「わっ、な、なに⁉ 信さん⁉」

「怪我の手当てをしろという将軍命令だ。逆らうわけにいくまい」

「嘘だ。平気で逆らうくせに」

肩《かた》の上でじたばたと抗議する。

「よくわかってるな。でも俺は、自分に都合のいい命令には従うんだよ」

信之介は人ひとり担いでいるとも思えぬ軽い足取りで歩き出した。

「ちょ、ちょっと待って。馬、馬を返さなくちゃいけないんだ、お侍さんに」

「馬?」

「うん。松葉を追いかける時にちょっと急いでたから……借りたんだ」

「借りた？　奪ったんじゃないだろうな？　気の荒い侍なら、斬り捨て御免《ごめん》だってありうるんだぞ？」

信之介は訝しげに次郎を見ながら言った。奪ったとほぼ断定されているが、間違いではない。

「でも、いい人そうだったから。苦情は木の屋にって言っておいたから、女将さんは今頃おかんむりだろうけど……」

「まったく。とんだじゃじゃ馬だ」

信之介は溜息をついて歩き出した。肩から荷を下ろす気はないらしい。

残っていた同心をひとり呼び寄せると、馬を返して礼をしてくるよう言いつけた。そして次郎は信之介の馬に同乗させられる。辿り着いたのは立派な門構えのお屋敷。

「脇坂……？」

表札にはそう書いてあった。

「そう。俺は今、脇坂邸の離れに居候《いそうろう》の身だ」

「じゃあ松葉もここに？」

門の中に入って厩《うまや》に馬を繋ぐ。松葉は脇坂の馬に乗って先に出たが、初めて馬に乗るに違いない松葉は脇坂にしっかりしがみついていた。脇坂の表情が嬉しそうに緩んで見えたのは、きっと気のせいではない。

「まだ戻ってないみたいだな。まあ、あの状態じゃ飛ばせないだろう。人の馬を奪って走らせる誰かさんは、飛ばしても全然平気だったけどな」

松葉と比べられ、あまつさえ劣《おと》っているように言われると自然に機嫌は悪くなる。劣等感《れっとうかん》というよりもこれは、嫉妬なのだと自覚する。

「悪かったな、可愛げがなくて。馬は孝蔵の家で練習してたから平気なんだよ」

投げやりに言い訳すれば、

「孝蔵……」

その名を聞いた途端、今度は信之介が険しい顔になった。一度しか聞いていないはずの名前をよく覚えているものだと感心する。孝蔵が会いに来たあの時、そういえば信之介に口づけられたのだと思い出し、にわかに胸が騒ぐ。

「孝蔵は俺の兄弟みたいな……わ、ちょ、危なっ」

馬から降りる次郎に手を貸そうとしていたはずの信之介が、手首を掴んでグイッと引いた。馬上から落ちそうになった身体をしっかり受け止め、姫のごとく横抱きにして歩き出す。

「歩けるし、下ろして」

「駄目だ。草履《ぞうり》も履いていないおまえが悪い。おとなしくしてろ」

もうずっと信之介に抱きかかえられ続けていて、今さらかとおとなしく運ばれる。

丑三《うしみ》つ時《どき》の静まりかえった母屋を横目に飛び石を渡っていき、そこらの町屋の何倍も立派な離れに入った。三和土《たたき》から框《かまち》を上がり、畳《たたみ》の上でやっと下ろされる。

「脇坂様と信さんってどういう関係なの？　親戚《しんせき》？」

「血縁はない。言わば戦友……同志？　いや、将軍の駒同士というのが一番正しいか」

「駒？　あ、そうだ、春さんって将軍様だったんだね……」

そうかもしれないと思いはしても、まさか……という思いを消せなかった。今でもまだ完全には信じ切れていない。

「ああ。そして俺の腹違いの兄だ。さっきの話を聞いてりゃわかっただろうが……まあ、そういうことだ」

信之介は言いたくなさそうに言って、風呂《ふろ》を沸《わ》かしてくると出て行った。

信之介が訊かれたくないのなら、あえて訊くつもりはない。先程の会話を聞いただけでも複雑な生《お》い立《た》ちなのはわかった。

将軍の弟として育っていたならば、風呂なんて沸かしたこともなかったはずだ。信之介は妓楼にいた頃もなんでも自分でしていた。ずっとそうして自分の力で生きてきたのだろう。

信之介はしばらくすると、小さな桶を持って戻ってきた。

「風呂が沸くまでの間に怪我を見る」

信之介は次郎の前に座ると、足首を摑んで持ち上げた。

「わ、もう、乱暴なんだよ！」

後ろに倒れそうになって手を突きながら次郎は文句を言う。

「悪い悪い。あーあ、こりゃひでえな」

信之介は悪びれるでもなく謝り、足を高々と持って、足の裏を濡《ぬ》れた手拭いで拭き始めた。時に指で引っ掻くようにして汚れや小石を落としてくれるのだが、それが痛いやらくすぐったいやら。痛いのは耐えられるが、くすぐったいのは耐《た》え難《がた》く、次郎は口元を手で押さえて逃げを打つ。

「も、もういい。俺、自分でやるから」

「裸足《はだし》で追いかけるっておまえ、どこの野生児だよ」

「菱原の花魁だよ」

「ありえねえな、本当おまえは……。でもこのきれいな白い足は、道中でさぞ映《は》えただろうな」

信之介は摑んでいる細い足首をじっと見る。途端に次郎は恥ずかしくなって、足を引き抜こうとしたがビクともしない。

「なんで見てねえんだよ。普通、物陰から見て涙するところなんじゃないの？　教え子の門《かど》出《で》なんだから！」

次郎は足を持たれたまま、ふてくされて喧嘩腰《けんかごし》に言う。

視線は感じなかったが、心のどこかで期待していたのだ。見てくれているのではないかと。

もちろんその期待は松葉がさらわれた時点で打ち砕かれていた。

「俺だって見たかったが、まだ行けなかった。見るだけ、なんてできる自信もなかった」

「自信って、なんの？」

意味がわからなくて問い返せば、信之介は溜息をついた。

「おまえ、なんで自分があいつらに狙われたのか、わかってるか？」

「それは……信さんを呼び出して言うことを聞かせるため、だろ？　俺が信さんの教え子だったから」

「……はあ。その程度の認識か」

信之介はまた溜息をついて次郎の足を放した。

「なんだよ？　あ、そういえば、なんで俺……ていうか松葉がさらわれたってわかったの？　来るの早かったけど、誰かが連絡したのか？」

次郎はすっかり着崩れた花魁装束であぐらを掻き、前のめりに問いかけた。

「楼主は俺の居場所を知っていたから、すぐに伝令が来た。おまえが焦って追いかけなくても、すぐに投げ文がされたらしいぞ。あの廃寺に来るように俺に伝えろ、来ないと人質は殺すってな。どういう用件かはわかっていたから、城にいた脇坂様に伝えるよう使いを出して、俺は寺に向かった。春長も連れてこい、とは言わなかったんだが」

「なんで脇坂様？」

「そりゃ町奉行だし……表向き、松葉の旦那だしな」

「表向き？」

「脇坂様の遊廓通いは敵の目を欺《あざむ》くためだったんだよ。遊蕩《ゆうとう》しているふりで周囲を油断させ、情報を収拾していた。だから松葉とは寝てない……はずだ」

「へえ、そうだったんだ……。なんか裏がある感じはしたけど、松葉にはぞっこんなんだと思ってた」

「芝居か本気か。その心中までは俺にもわからないが、あの方はとにかく真面目な堅物《かたぶつ》なんだ。手は出してないだろう。だからこそ上様からの信頼も厚い」

「ふーん。信さんとはえらい違いだ」

「なんだと？　俺だって今回はかなり真面目に働いてたぞ」

「じゃあ、俺を仕込んだのも仕事？」

次郎が疑わしげに問えば、信之介はグッと詰まった。

「あれは……まあ、趣味と実益を兼ねたような……。おまえ、あれからその、誰かに仕込んでもらったり、したのか？」

信之介が前のめりになれば、次郎は引く。

「そ、そりゃあ……」

「入れたのか⁉」

露骨に訊かれて次郎は真っ赤になった。

「な、なに、なんで信さんってそういう……品がないよっ」

「入れたのか？　入れてないのか？　張り型か？　生か？」

「な、な、なま……って」

そういう言葉はもっと薄衣に包み込むような気遣いが必要だと思うのだ。次郎はますます赤くなって信之介を睨みつけた。

「よかった……」

突如《とつじょ》信之介が安堵したように微笑んで、次郎は怪訝な顔になる。

「は？」

「その様子じゃ生はないな。いやまあ、あってもしょうがないんだが。今の反応は俺が知ってる初《うぶ》な艶路のままだった。可愛くてよかった」

そんな能天気なことを言って、顔に手を伸ばしてくるから払いのけた。

「な、なに言ってんの⁉　俺だっていつまでも初じゃないんだからな。俺はこれからいっぱい稼ぐんだ。信さんに嫌われたって、いっぱい男を誘惑して、その、いろいろして、手練手管の熟練の達人になるんだっ！」

自棄《やけ》になって叫ぶ。これからどうなるか、わかっているはずの信之介がなぜそんなことを言うのか。変わってなくてよかったと言われると、今からどんどん嫌われていくのだと思えて胸が苦しくなる。責めてもしょうがないけど言わずにいられなかった。

これから自分は変わる。停滞を望まれても応えられない。

「艶路……。変わるなと言っているわけじゃない。人は誰だって変わる。ただ、変わるところも見ていたい、できるなら俺がこの手で変えたい。そういうただのわがままだ」

「それは本当にわがままだよ。俺のこと、途中で放り出したくせに」

信之介にはそれができたのに、しなかった。できるなら次郎だって信之介の手で変わりたかった。そばにいてほしかった。

「そうだな……。おまえを巻き込んでしまって慌てたんだ。手放すなら、端《はな》から手を出すべきではなかった。そんなことはわかっていたのに……、自分にはうまくできると過信していたんだろう。おまえがこんな怪我をしたのも、怖い思いをさせてしまったのも、全部俺のせいだ。悪かった」

武士らしく頭を下げられて切なくなる。今までのすべてを否定されたような気がして、ぎゅっと着物の膝《ひざ》の辺りを握りしめた。

「別に、怖くも痛くもなかったよ。松葉を助けなきゃって夢中で……。信さんのせいだなんて思ってない」

強がるしかないではないか。関わったことを後悔されるのだけは嫌だった。

「おまえ……。一応訊くが、まさか松葉に惚《ほ》れてるわけじゃねえよな？」

「はぁ？　松葉？　いくらあいつが女みたいに可愛いからって、んなわけないだろっ」

思いもしない問いかけに気が抜けた。信之介は時々まるで見当違いのことを言う。

「可愛いとは思ってるんだな」

しかもなにかわからないが真剣なのだ。

「俺が松葉を追いかけたのは、好きとか可愛いとかいうことじゃなくて、俺と間違われてさらわれたのに放っておいちゃ男が廃《すた》るって、それだけだ」

自分の代わりだと聞かなくても追いかけた気はするが、それは今言う必要のないことだ。

「男らしいことだな。じゃあ男同士、一緒に風呂に入るか？」

「は？　え、あ、それは……」

開いていた襟の合わせを摑んでなんとなく整える。風呂といえば全裸だ。しかし確かに男同士だ。にやにや笑ってる信之介も気に入らない。

「わかった。入る。別になんてことない。男同士だからなっ」

挑むように言えば、信之介は溜息をついて首を横に振った。

「やめておこう。今日はまだ……まずい」

「まずい？」

「俺だってな、わりと真面目なんだ。けじめとか気にするんだよ。それにおまえ、一緒に入るには汚すぎるしな。髪から足の先まで、ゆっくりきれいに洗ってこい」

「汚……確かに汚いけど。じゃあいいよ、ひとりで入るよ」

ひとりで入る方がありがたいのだが、汚いという言いように憤慨し、少し傷ついて立ち上がる。しかし、行灯の光に浮かび上がる自分の姿は確かにひどかった。松葉が用意してくれたきれいな着物はもうボロボロで、道中の時の面影もない。簪もかなり落としてしまった。

「あ、そうだ、これ……」

風呂に案内してくれようとした信之介に、帯の間に突っ込んでいた簪を差し出した。

繊細《せんさい》な細工の方は無事だったが、先端がかなり傷《いた》んでしまっている。

「ごめん。これを縄の結び目に突っ込んでぐりぐりってして緩めたから、曲がっちゃった」

緊急事態だったとはいえ、信之介の大事な簪を、変な用途に酷使《こくし》してしまった。

「これはおまえにやったものだ。どう使おうとおまえの自由。その機転に助けられたわけだし、役に立ったのならよかったよ」

信之介は簪を受け取らず、次郎へと押し戻した。

「え、俺はもらった覚えないし。大事な人のだって言ってたじゃないか。ちゃんと信さんが持ってなきゃ駄目だよ」

「大事な人の物ではあったが、これ自体が大事なわけじゃない。母は父にもらった唯一の物だと肌身離さず持っていた。だから死ぬ間際、俺に渡せたんだ。これがおまえの血筋を証明してくれるって……」

「そ、それってすんごい大事な物じゃないか!?」

「俺はずっと捨てたかった。血筋なんてどうでもよかったからな。でもさすがに母の形見《かたみ》は捨てられなかった。……これを持っていると、運命が追いかけてくる。俺は本当は、母が殺されたことも忘れてしまいたかったんだ。まあ……忘れられるわけないんだけどな」

フッと笑って歩き出した。その後ろ姿を追いながら、信之介の重すぎる人生を思う。

自分の人生もわりと波瀾万丈《はらんばんじょう》だが、重さが違う。苦しみが違う。元気づけるうまい言葉なんて出てくるはずもなかった。

「俺は外で火加減見てるから、熱かったりぬるかったりしたら言え」

「あ、うん、ありがとう」

そんなことをしてもらうのは心苦しかったが、辞退する言葉も出なかった。

着物を全部脱ぎ落とすと、一気に身体が軽くなった。湯を浴びれば汚れが一掃されたように感じて気持ちいい。温かい湯に浸《つ》かると思わず「極楽《ごくらく》〜」と口から出てしまった。

「じじくせえ」

外から声がした。薪《まき》を加えてくれているようだ。

「あの、信さんは……。やっぱいいや」

言いかけてやめる。なぜ将軍や脇坂と動いているのか訊きたかったのだが、それはきっと信之介が言いたくないことも言わせることになるだろう。

「おまえには訊く権利がある。なんでも教えてやるよ」

「うん、でも……」

躊躇《ちゅうちょ》する。訊きたいことはたくさんあるし、信之介のことならなんでも知りたい。だけど、聞いたからといってなにかをしてあげられるとは思えなかった。

「聞いて楽しい話じゃないんだが、俺はどうもおまえに話したいらしい。聞いてくれるか?」

「うん、じゃあ聞く」

信之介が話したいというのなら拒む理由はない。

湯船の中で足を抱いて、動かずに耳を傾ける。

「母親が死んだのは俺が八歳の時だった。それから俺の人生は、恨みや憎しみといった感情に支配され、復讐が生きる目標になった。引き取られた剣術道場で、いつか仇を討つ日のため、俺はひたすら腕を磨いた。でもな、仇が城中の人では、討つどころか姿を見ることすらできない。時が経てばどんな憎しみも次第に薄れていく。諦めてしまえたらきっと楽になれたんだろう。でも俺は……母を火の中に置き去りにした。そのことを腕の火傷痕が、あの簪が忘れさせてはくれない。あの時の熱さ、苦しさ、無念……。それを晴らすためだけに、俺は生きてきた」

十六年間、そんな重いものをひとりで背負ってきたのか。全部捨てて楽になることが信之介にはできなかったのだろう。優しくて、責任感が強くて、自分の弱さとずっと向き合って生きてきた、強い人――。

「でも、手が届きかけたんだよね？　前に未遂に終わったって……」

「ああ。父は死ぬ前に、俺のことを春長に言っていたらしい。春長っていうのは現将軍の名前な。つまり、自分の息子に妾の子のことを引き継いだわけだ。で、あいつはああいう性格だから、どういうつもりだったのか未だにわからないんだが、二年前の父の葬儀に俺を呼んだんだ。俺は千載一遇の機会だと、全部終わらせるつもりで城に向かった。自分の人生が終わることも覚悟していた」

「上様のお母さんを殺そうとしたの？」

「ああ。でも、阻止された。当然だよな。俺がなにをしようとするかなんて、お見通しだったんだから。俺も罠《わな》かもしれないとは思っていた。腹違いの弟なんていう遺恨《いこん》の種は早々に始末しておくに限る。将軍の葬儀の日に、その正室を手にかけようとすれば、未遂でも死罪は免れない。そうなってもいいと思ってた」

「未遂で、捕まって、でも死んでない……よね」

「ああ、生きてるな。なぜか」

信之介が笑ったのがわかった。

「食えない男なんだよ、春長は。生かしてやるから自分の言うことを聞け、と言ってきた。

俺はもちろん拒否した。殺せと言ったんだが、死ぬまで牢《ろう》の中にいるのと、民のために役立つのとどっちがいいか、と訊いてきた。たったひとりの肉親が頼んでいるんだからとか、死んだつもりで民の役に立てとか……あれは策士で口がうまい。俺は結局乗せられて、今じゃあいつにいいように使われている」

いつか信之介が「余生だ」と言っていた意味がわかった。信之介にとっては一度終わったのだ、なにもかも。ずっとひとりだったから、兄を慕う気持ちもあるのだろう。

「春さん……上様って、人の心の裏を見るのがうまいんじゃないかな。信さんが世の中の役に立ちたいって思ってるのを見抜いて、信さんを信じることにしたんだよ、きっと。兄弟で同じ志を持ってるって感じたから」

「そんな美談なもんか。あいつと同じなんて気持ち悪いからやめろ」

口ではそう言いながらも、まんざらでもないように聞こえた。案外信之介はわかりやすいのかもしれない。

「湯加減はどうだ?」

信之介は話を逸らすように訊いてきた。

「うん、いいよ。ありがとう、信さん」

いろんなことに礼を言いたい気分だった。危ない目に遭ったのは確かに信之介と関わったせいなのかもしれないけど、信之介が悪いわけではない。それよりももらったものの方が大きい気がする。話してくれたことも嬉しかった。

「礼を言うのは俺の方だ。俺はおまえのおかげで、自分の未来を夢見る気になれたんだ。明るい未来を望む気になれた。だから、あの簪はおまえが持っていてくれ。なんなら、売り飛ばしてもいいぞ」

なにが自分のおかげなのか、次郎にはさっぱりわからなかったが、信之介がそう思ってくれたことが嬉しかった。

「いくらくらいになるかな?」

なんだか照れくさくて信之介が言った冗談に乗っかってみる。

「そうか、それを売れば……」

ボソッと、いやに真剣そうな信之介の声が聞こえた。

「え? 冗談だよね? おーい」

「気にするな。おまえは全部洗って出てこい」

そう言って話を切り上げ、風呂の外からもいなくなってしまった。

結ってもらったばかり髷を解《ほど》くのは贅沢な気もしたが、どうせ崩れかかっている。少々苦労しながら全部解いて、きれいに洗い流した。全身をピカピカに磨きあげて風呂からあがる。

浴衣《ゆかた》が置いてあったが、次郎にはかなり大きかった。腰を端折《つまお》って帯で締めると、胸元はぶかぶかに開いてかなり不格好になる。体格差を見せつけられたようで面白くない。

「俺だってあと八年すれば……」

その頃には年季が明けて廓を出られるかもしれない。でも、こんなに大きくなっていたら、信之介だって興ざめだろう。もう抱こうなんて気も起きないかもしれない。

先のことなんて考えても仕方ないのだけど、なんだか暗い気持ちになる。しかしだからといって、今の細い子供の身体のままではいたくない。

変わりたい。けど、変わりたくない。

変わるなら自分の手で、と信之介は言ってくれた。そうしてほしい、と次郎も思う。

「おいで。髪をよく拭いてやろう」

部屋に戻ると手招きされ、その前に座る。後ろから手拭いで髪を拭かれ、櫛で梳かれた。後ろでひとつにまとめて、枕に頭を置くよう寝かしつけられる。

「信さんは？」

「ここには布団がひと組しかないんだ」

信之介は横に寝て、二人の身体の上に一枚の布団を掛けた。

ぴったり寄り添えば腕が触れ合って、信之介の体温を感じる。次郎は真っ直ぐ上を向いて固まっていた。

「そんな固くならなくても、なにもしねえよ。今日は疲れただろう、ゆっくり休め」

信之介は優しい声で言った。

しかし、そんなふうに気遣われても少しも嬉しくなかった。触れ合える、抱き合えるところに信之介がいるのに、なにもしないで眠るなんて、信之介にできても次郎にはできない。

「なにも、しないの？」

問いかける声はぎこちない。誘うなんてもちろんしたことがない。

「ん？　どうした？」

信之介は優しく声を掛けてこちらを見る。分別ある大人の表情だ。

「最後まで教えてくれないの？」

「艶路……」

困った表情になるのが切なかった。

「俺、水揚げがすごく不安で怖かった。信さんが途中で放り出したからだ。最後までちゃんと教えてよ。信さんに……してほしい」

勇気を振り絞って言った。断られたら傷つくとわかっていたけど、なにも行動せずに眠ることはできなかった。断らせない、くらいの気持ちで挑む。

「艶路、おまえな……おまえ、いや、ちょっと待て。落ち着け」

信之介は次郎に言いながら、自分に言い聞かせているようだった。何度も深呼吸をする。

「俺は落ち着いてるよ。一度だけでいいんだ。お願い」

「お願いっておまえ……俺がどんなに自制してると思って……勘弁してくれ」

「なんで自制？　俺を抱いちゃ駄目な理由があるの？　誰か……いい人がいる、とか？」

突然それに思い当たって胸が苦しくなった。恋仲の女がいるなんて思いもしなかったが、いても少しもおかしくない。

「いや違う。ただ、けじめとして……」

「けじめ？　……俺、誰にも言わないよ。絶対」

信之介の胸に顔を寄せる。胸の上に手を置いて、半身を被せる。

男をその気にさせる手練手管はおうめにも教わったし、松葉を見て学んだつもりだった。しかしなにも思い出せない。ただ必死に縋っているだけ。駆け引きなんてできるのは、冷静でいられる相手にだけだ。頭ではなにも考えられない。

信之介の手がまだ湿《しめ》っている次郎の頭を撫でる。次郎は目を閉じて信之介を感じていた。大きな手。広い胸。温《ぬく》もり。力強い鼓動。こうしているだけで満たされていく。

「艶路……」

信之介の手が頬に下りて、顔を仰向《あおむ》かされる。それは感じていたけど、目を開けられなかった。強烈な睡魔が一瞬にして次郎を魅了する。抗えない。落ちる。

「艶路？」

訝しげな声はもう遠く、夢の中と判別がつかなかった。

「信さん……」

答えたのは夢の中。

「おいおいおい……そりゃねえだろ」

信之介の途方に暮れた悲痛なつぶやきは、夢の中の次郎の耳には届かなかった。


起きると隣に信之介はいなかった。

抱きしめて、寝てしまった。抱かれる気満々だったのに、びっくりするほど一瞬で気を失ってしまった。

思い出して絶望的な気分になる。もう朝だ。隣にいない信之介が今さら抱いてくれるとも思えない。

「起きたか。これを着ろ。城に行くぞ」

信之介はすっかり出立《しゅったつ》の準備を整えていた。いつもよりパリッとした羽織袴姿。

「信さん……あの、えーと……」

「さっさと着替えろ。着付けてほしいのか?」

「いや、自分で着る」

用意されていたのは袴で、久しぶりの普通の男の姿に心が高揚する。嬉しかった、すごく。

「やっぱりそういうのがいいんだな」

「うん」

久しぶりでも女物よりずっと着慣れている。浮き浮きと袖を通し、腰紐《こしひも》を結んだ。

「ああ、動きやすい……」

感動するほど脚がよく動く。髪もきれいに梳いてひとつに束ね、昔と同じ髪型にした。中剃りはないし、垂らした尻尾はかなり長くなったけれど。

嬉しそうな次郎を信之介は複雑な表情で見ていた。慈しむような、憐れむような。渇望するような、突き放すような……。信之介自身、気持ちが定まっていないようだった。

大きな駕籠に乗せられる。中には先客がいた。女物の着物を着た松葉がちょこんと座っている。淡い桃色の振り袖がなんの違和感もなくよく似合って、まるで町娘のようだ。

「おまえって……やっぱ可愛いな」

向き合って乗り込み、思わず素直に感想を口にした。

「は？　はああ？　なにを言ってるんでありんしょう。おんしはそうやっているとまるっきり男だわいなぁ。……昨夜は、ありがとう……おざんした」

松葉は照れたような顔で、最後に小さな声で礼を付け加えた。

「おまえは巻き込まれただけだ。俺に礼を言うことはない」

「……そうでありんすな」

ツンと澄ました松葉に戻ってなんだかホッとする。

門の外で駕籠を降りて、脇坂と信之介に従い、城の中を歩く。長い廊下《ろうか》をうねうねとまるで迷路のようだ。もうひとりでは帰れそうにない。隣を歩く松葉は珍しくオドオドしていた。次郎だってお城なんてどうしていいのかわからないのだ、廓しか知らない松葉には想像もつかない場所だろう。

前を行く二人が足を止めたのは、城の中ではさほど広くもない部屋。

「すぐに上様がいらっしゃるが、ここは正式の謁見《えっけん》の間ではないので、そう改まることはない。気楽にしていればよい」

脇坂はそう言ったが、城の中というだけで落ち着かないのだ。初対面ではないとはいえ、ちゃんと将軍だとわかって会うのは初めてで、緊張するなというのは無理な話だった。

程なくして襖が開き、春長が現れた。今日はさすがに将軍らしい出《い》で立《た》ちをしている。紋付きの肩衣《かたぎぬ》と袴。髷もきれいに結われ、威厳《いげん》が漂《ただよ》っている。

春長が上げ畳に座すまで、信之介を除く三人は端座《たんざ》し深々と頭を下げていた。

「よい、面《おもて》を上げぃ。信之介は少しくらい頭を下げぃ」

そう言いながらも、頭を下げてもらうことは期待していないようだった。

「そこな色子衆《いろこしゅう》、こたびは誠に大儀であった。貴殿らのおかげで腐った役人どもを一掃することができた。感謝する」

色子という表現には違和感を覚えるが、そんな細かいことを将軍に突っ込む気にはなれない。感謝すると言われても、ただ頭を下げるだけだ。

「だから頭は下げなくてよい。そなたらに褒美《ほうび》を使わそう。なんでもひとつだけ望みを叶えてやる。遠慮せずなんなりと言ってみよ」

春長はどこか浮き浮きしたように言った。

「礼と言われましても、わっちはなにもしておりんせん」

松葉の言葉に同意する。降りかかった火の粉を払っただけだ。

「我らにはありがたかったのだが、では詫《わ》びということでどうだ？　巻き込んでしまった詫びだ」

「それでしたら、妓楼の方に幾ばくかのご寄付をいただければ」

「それでよいのか？　欲のないことだな。私にはおぬしを自由の身にしてやることもできるのだぞ」

春長の言葉に次郎の心は浮き立った。将軍ならそれくらいなんてことないのかもしれない。

「わっちは廓で生まれ、かごの中でしか生きる術《すべ》を持たぬ飛べない鳥なのでありんす。自由にしていただいてもどうしてよいものか……。お心だけありがたく頂戴いたします」

松葉の言葉を聞いたら、自分だけが抜け出したいとは言えなくなった。そもそもこんな棚《たな》からぼた餅的なことで抜け出してよいものか。妓楼で世話になった人たち、たくさんの同士たちの顔が思い浮かぶ。

「艶路、そちはどうする？　おまえは一刻も早く自由になりたいのではないか？」

「自由にはなりたいけど……、それに見合うほどのことをした覚えはありません」

「ほう。たいしたことではなかったと申すか。満身創痍《まんしんそうい》、おぬしの機転のおかげで信之介は血判を押さずに済んだというに」

「おまえ、やっぱり俺が血判を押すの待ってたな」

信之介は春長を睨み、苦々しく言った。

「そりゃ、せっかく面白いものが手に入りそうなのに。少しくらいは待つだろう」

春長はにやにや笑いながら言う。

「で、なにを望む？　艶路」

願いは数あれど、将軍に頼まなくてはならないようなことは二つ。しかしひとつは……。ちらりと横にいる松葉に目を向け、春長を真っ直ぐに見る。

「奢侈禁止令をお取り下げ願いたく」

「……艶路⁉」

信之介が訝しげな声を上げた。

「ほほう。そんなことでいいのか？　もっと私欲に走った願いでもいいのだぞ？」

「自由は自分の力で手に入れます。他は……望みません」

私欲に走った願いを今ここで口にすることはできなかった。

「木の屋には相応の金品を贈るとしよう。奢侈禁止令に関しては、すぐに撤廃というわけにはいかぬが、菱原に悪いようにはせん。それでよいか？」

「よろしくお願いいたします」

手を突いて頭を下げる。

なにも考えず、自由を——と、言いたかった。それ以上に本当は、父の恩赦《おんしゃ》を願い出たかった。しかし言えなかった。父も母もわからず廓で育った松葉の前で、罪を犯した父を赦《ゆる》してほしいとは、どうしても言えなかった。

後悔はしている。けど、これでいい。

奢侈禁止令は菱原を虫の息にしていた。あそこでしか生きられない者がたくさんいる。その多くが望まずに連れてこられて、行き場を失った者たちだ。菱原全体が痩《や》せ細って体力が失われれば、弱い者から淘汰《とうた》されていく。

もちろん贅沢を推奨しろなんて言う気はない。ただ少し緩めてもらえたらいい。

「艶路、待て。それは特に願わなくても……」

「いいんだ、俺は約束が欲しかっただけだから」

不穏分子をあぶり出すためのお触れであったことは承知している。それが捕まったのだから、解除される可能性は高い。しかし財政難が改まったわけではないこともまた承知している。一番偉い人の頭の中に菱原のことを入れていてほしかっただけ。

「残念だったなぁ、信之介」

春長は変わらずにやにやしていたが、信之介はもう春長の顔を見ていなかった。次郎に向けた瞳には戸惑いと苦悩のようなものが見られる。朝からずっとばつの悪さを感じている次郎は、にっこり笑ってみせたが、信之介の表情はさらに険しくなった。

怒っているのかもしれない。

昨夜のことは次郎も覚えている。申し訳なかったと思っているし、後悔もしている。なぜ寝てしまったのか……。最後の好機を逃してしまった。

それでも、もう先に進むしかないのだ。

「それでは信さん、おさらばえ」

次郎は菱原流に信之介に別れを告げた。いつの日かまた道が交わることもあるかもしれない。それまではさようなら、だ。

「おさらば、て……」

愕然《がくぜん》とした表情の信之介を置いて歩き出す。

足が重い。着ている物は昨夜より断然軽いはずなのに、一歩一歩が畳の上を引きずるように重くてたまらない。

しかし一歩ずつ。きっといつか――。

其の十一

かつて男のような装いを売りにした遊女が一世を風靡《ふうび》したことがあった。若衆髷に手を加えて結い上げた髷の名に、その遊女の名が残っている。

今日の着物は色味こそ紺《こん》や黒と抑えめだが、縫い取りは艶やかな金や銀で、柄は大きくとにかくど派手だった。それを幾重《いくえ》にも緩く重ね、幅広の帯で腰をきゅっと締め上げる。その上に長い打掛を羽織った。

若衆髷を結い、化粧は薄く、しかし紅は差す。

ちぐはぐな格好のはずが、なぜか調和していた。

「こういうの全部、松葉が考えたのか？」

「恥をかかせてやろうと思ったのに、似合うなんて誤算でありんす」

そうは言ったが、普通の花魁衣装よりこういう物の方が似合うのは予想できたはずだ。

あまりに艶めかしくて風紀を乱すという理由で廃止になった、若衆歌舞伎《かぶき》の役者を想起させる出で立ち。

若衆髷は前髪を立ち上げて後ろへ、後ろ髪は襟足をさけるようたぼにして上へまとめ、それを輪にして髷を結う。次郎は髪の長さが微妙なので、たぼは小さめに、上に高く結って見栄《みば》えを華やかにした。キリリとしていながらどこか色っぽい。装飾も簡素に、髷の前に立てたべっ甲の櫛と、その横に挿された信之介の簪だけ。

楼主は呆れたような顔で次郎の姿を見た。

「まあ、話題にはなるだろうね。顔のきれいさは際立ってるよ」

見世の者たちまで物珍しがって集まってくる。昨日はわりと素直に賛辞をもらえたのだが、今日はどこか遠目に、時にクスクスと笑いながらこちらを見ている。

お披露目の道中なのだから、見てもらってなんぼ、話題になるほどいいのだが、自分が舶来《はくらい》の珍獣《ちんじゅう》にでもなったような気分だった。

普通の花魁装束《しょうぞく》よりはかなり軽く動きやすい。それは気に入っているのだが、これで道中というのはかえって難しそうだ。

身体はまだいろんなところが痛む。そして心は昨日以上に重かった。信之介と情を交わしたくて、自分で餌を仕掛けながら、自らの失態で逃す。自分らしい馬鹿さ加減だ。

しかしそれで覚悟は決まった。

今日は長手傘をなくして、提灯を先導に二つ。前を歩く新造も今日は少し男らしい。背後の松葉は相変わらずだけど。

昨日と今日の間にはまるっきりなにもなかったかのような顔で歩き出す。

一斉に視線を浴びて、伏し目がちに微笑んだ。紅い口の端がクイッと上がると、周囲がざわめく。斜め下から視線を上げ、毅然と前を向いた。

「こりゃ、ええ見せもんじゃ。若衆花魁じゃ」

天下御免とばかりに、女姿の時より裾を多めに割って、大きな歩幅で歩く。膝近くまで露になっても、不思議と男風の出で立ちだと恥ずかしくない。

歩きながら次郎は視線を感じていた。

もちろんみんなが自分を見ている。見てもらわなくては困るのだが、次郎には視線の違いを感じ取ることができる。変な視線に晒され続けて得た特殊能力とも言える敏感さ。

胸が高鳴った。見てくれている。それだけでいい。

最後。あと一歩。終点の茶屋の前で足を止めた。

目の前に視線の主が立っていた。

「信さん……」

姿を見せるとは思っていなかった。その隣には楼主が立って、複雑な表情を浮かべていた。

「最後のお役目ご苦労様」

「……最後?」

怪訝な顔をすれば、いきなり脚を掬《すく》われた。高下駄が脱げ、信之介の腕に抱き上げられる。

「は⁉　な、ちょ、下ろして」

「たった今、おまえを身請けした」

「身請け……？」

なにを言われたのか理解できない。眉を寄せて間近にある顔を見つめる。

「おまえの借金帳簿《ちょうぼ》は御破算《ごはさん》になったんだ」

「御破算？　なんで……」

「それはおいおい話してやるよ。とにかく、世話になったみなさんに挨拶しろ」

「あ、挨拶って……なんて？」

まったく頭が回らないのだ。これは夢か現か。

「そりゃ、今までお世話していただきありがとうございました、だろ。いや、おまえの場合は、ご迷惑お掛けしてすみませんでした、か。……松葉、せっかく突出しの用意をしてくれたのに悪いな。これ、連れていくから」

信之介は松葉に向かって言った。

松葉は可愛らしく口を尖《とが》らせたが、諦めたように小さく笑った。

「まったくでおざんす。わっちがどれだけ苦労したと……。でも、こうなる気がしておりんした。目障りがいなくなるのは好都合。さっさと連れていっておくれなんし。そしてできれば、幸せに……しなくても、勝手になるでありんしょうなあ……。さあもうお行きなんし」

松葉は怒ったような口調で言い、うつむいてしまった。

もう一度信之介に降ろしてくれと頼めば、今度は降ろしてくれた。しかしぴったり後ろにくっついている。

「松葉……。世話になった、すごく」

「おんしのためにしたことなど、なにひとつありんせん」

「そうだろうけど……」

「ぐずぐず言ってないで、もうお行き。これ以上見せつけるなら、みんなで袋叩きにするよ」

人の身請けを心から祝福できる遊女などいない。喜んでやりたいけど、羨ましさと妬《ねた》ましさを感じないわけにはいかない。特に自分のようななにひとつ仕事をしてない人間が身請けされるのを心から喜べるわけがない。

「わかった。女将さん、松葉もおうめさんも、皆々様……誠にありがとうございました」

心を込めて頭を下げる。なにがどうなっているのかよくわからないが、去るのならば礼だけは言っておかなければならない。

いいことばかりではもちろんなかったけれど、世話になったのは間違いなかった。

「達者でな。楽しかったよ」

楼主は微笑み、おうめも隣でうなずいた。

「さっさと去《い》ねっ」

松葉に追い払われ、次郎は笑う。

「それでは皆様、おさらばえ」

最後は遊女らしくしなを作ってみせた。去る時はこう言うのだと教わったのだ、最初に。

風がザッと吹いて、桜の花びらが舞う。

儚くも美しく翻弄されて舞う小さな花びらたち。次郎の腕にもその花びらがある。ここを出ても消えない印。ある意味それは仲間の証。もう二度と会うことはないのかもしれないけれど。

次郎は顔を上げると、片手を上げて男らしくさわやかに笑った。きっぱり背を向け、振り返らずに歩く。前へ。

そうして漆黒の門を出たところでまた、信之介に抱き上げられた。

「草履を用意してこなかった。おとなしく運ばれろ」

衆目を浴びて女街を過ぎる。恥ずかしいのだが、ふわふわと夢の中にいるみたいな感覚で、現実味が湧《わ》かなかった。そのまま朱塗りの大門も抜ける。

外だ。出てしまった。柳《やなぎ》の下で初めて振り返る。街はやっぱり毒々しくも生命力溢れる赤に染まっていた。闇にぼんやり浮かび上がる。

ここに来た時のことを昨日のことのように思い出す。まるで地獄に足を踏み込むような気持ちだった。

無理に絞り出したやる気と、どうなってもよいという捨て鉢《すばち》な気持ち。圧倒的な不安と少しばかりの好奇心。明るい未来は見えなかったが、諦める気もなかった。

こんなに早くここを去ることになるとは……さすがに思いもしなかった。

門の中に向かってひとつ深く礼をして、次郎は信之介が用意した駕籠に乗り込んだ。

信之介が用意したのはなぜか早駕籠で、どうやら速いと荒いは同義語らしいと知る。揺れる駕籠内であちこちに身体をぶつけ、その痛みがこれは夢ではないと教えてくれた。

今のこの状況が現実だというのなら、言われるままに出てきてしまったのは正しかったのか。急に不安が込み上げてくる。

身請けなんて簡単にできるものではない。次郎の場合、自分で売値をつり上げたので、それだけでもかなりの額で、あれやこれやと加算された身請け金はいったいいくらになっているのか……。しつこく帳簿をつけていた次郎の予想額をはるかに上回っているはずだった。

花魁も太夫級になると一晩の揚げ代だけでもかなりの額だが、身請けとなるとまるで別次元の金額になる。次郎はまだ突出しの身だが、だからこそ一銭も返せていない丸ごと借金の身。

少なくとも旗本《はたもと》の長男坊ではとても用意できない額だったはず。

どうにもならないからこそ、人は惚れた遊女を手に入れんがため、命をかける。駆け落ちか、心中《しんじゅう》か。もしくは松葉の時のように一方的な刃傷《にんじょう》沙汰に及ぶ。

それくらい身請けというのは凄いことなのだ。

「で、信さん。これはいったいどういうことなの？」

再び脇坂邸の離れ。畳の間。信之介と膝を突き合わせ、まるで尋問《じんもん》のように問いかける。今夜も月明かりは健在で、障子の外は白く明るい。行灯の灯りもあって、表情までよく見える。

気まずい思いでこの部屋を後にしたのは今朝のことだ。こんなにすぐに戻ってくることになるとは、もちろんまったく思わなかった。

「どういうこともなにも、俺がおまえを身請けした、ということだ」

信之介はあぐらを掻いてあっさりと言った。

「なんで信さんが俺を身請けするの？」

「おまえがあいつの申し出を断るからだろう」

「だから、俺が断ったからって、なんで信さんが身請けするんだよ？」

「そんなの、欲しかったからに決まっている」

「は？」

なんだろう。会話が咬《か》み合っているようで、ずれているような……。すっきり納得しかねる表情で信之介を見れば、信之介は溜息を漏らした。

「俺はおまえが欲しかったんだよ。たとえあいつに借金してでも……」

「借金⁉」

その言葉には鋭く反応する。

「え、あいつってもしかして、上様？　俺を身請けするために上様にお金借りたの⁉」

「ああ。今回の俸禄で足りるはずだったんだが、なぜか足りないってことになって。だから、またしばらくあいつの駒になることを条件に金を借りた。奴の策略を感じないでもないが……まあそれはいい」

信之介は渋々納得したという顔で言った。

「ちっともよくないよ。今回のって命がけの任務だったんでしょう？　その報酬を全部使った上に借りるなんて。俺、戻るから。女将さんにお金返してもらってよ。俺、自分の借金は自分で返すって言っただろ？」

「俺は余計なことをしたか？　俺に身請けされるのは迷惑か？」

信之介が怒ったような顔で膝を詰めてきて、次郎は慌てて否定する。

「そうじゃない。気持ちは嬉しいけど、俺は信さんの負担になるのは嫌だ。別れの挨拶なんてしちゃったからちょっと格好悪いけど、俺は妓楼に戻るよ」

「それは駄目だ」

信之介が急に大きな声を出して、次郎はビクッと身をすくめた。その身体を抱きしめられる。

「駄目だ、戻るのは……他の男に触らせるのは、もう絶対に駄目だ。これは俺のわがままで、負担だなんて少しも思っていない。絶対、戻らせねえ」

「し、信さん……?」

かき抱く熱い腕の力強さに、溺《おぼ》れそうになりながら困惑する。苦しい。嬉しい。だけど、これは本当に現実なのか。こんな都合のいいことがあるのか。許されるのか……。

胸の奥からじわじわと熱いものが込み上げてきて、どんどん広がって、指先まで痺《しび》れたようになる。抱きしめたい。抱きしめてもいい……?

恐る恐る手を伸ばそうとしたところで、二の腕を押すように突き放され、顔を見つめられた。

「俺はおまえを金で買った。買えた自分を、生まれて初めて幸運な男だと思った。普通なら諦めるしかないからな。俺はそういう輩を何人も追い払ってきた。だから、俺はおまえを請け出せただけで満足だ。おまえが嫌だというなら手は出さないし、俺のそばに縛りつける気もない。自由に行きたいところに行っていい。遊廓以外ならどこにでも」

金で買ったと言われて、少しも不快に思わなかった。それより手を離されようとしていることが悲しくて怖かった。

「信さん……。俺、俺は……。本当に俺、信さんのそばにいていいの?」

気になるのは信之介の本心だけ。

「ああ。いてほしい。だからただ働きも受け入れた。あいつに頭も下げた。俺がそれを許容できるのは、たぶんおまえのためだけだ」

信之介が春長に頭を下げる——それがどれだけ己の矜持を挫《くじ》くことになるのか、過去の話を聞いた次郎にはわかる。それを自分のためにしてくれた。

その気持ちを信じないのなら、信之介を好きだと言う資格はない。

「自由にしてもらっても、今さら家には戻れないよ。もう独り立ちした身だし、遊廓から戻ってきた息子なんて、扱いが微妙だろ？　だから……いや、そうじゃなくても、俺はここにいたい。信さんのそばに……いてもいいの？」

「いろ。本当はどこにも……親元にだって帰したくはない。閉じ込めてでも俺のそばに置いておきたい」

信之介の言葉が嬉しくて笑ったら、また抱きしめられた。

「俺を閉じ込めるのは至難の業だよ？」

「そうだな。だからできればおまえの意思でここにいてくれ」

「わかった。……ありがとう、信さん」

「礼を言うのはこっちだ。おまえが現れて、俺は今を生きることの楽しさを知った。己の境遇を、どうにもならない現状を受け入れて、それでも夢見ることを忘れない。おまえのおかげで俺は……母親の最期の言葉を思い出した」

「最期？　それって……」

「母は火に巻かれながら、俺に『生きて』と言ったんだ。でも俺は憎しみに囚《とら》われて、ずっと忘れていた。母の最期の願いを――」

信之介は目を閉じて、息をひとつ大きく吐き出した。

「俺は、おまえと生きたい、艶路」

「違うよ」

言えば信之介の端整な眉が寄る。悲しそうな顔がなんだか可愛い。

「次郎だ。俺の名前」

本名を教えていなかった。廓の中では楼主につけられた名前で生きていく決まりだった。

「次郎か。そっちがおまえらしいな」

「なんだよ。次郎なんて名前つけるの面倒くさかったとしか思えないよ。なんなら信さんがつける？　買った人の権利で」

艶路なんて名前にはまったく親しみを持てなかったけど、次郎という名前も子供の頃は不満だった。

「いや。おまえは次郎だよ。その名で育ったおまえが、俺が惚れたおまえだ」

「惚れ……た？」

「ああ。艶路という名にはなにか違和感があったんだ。次郎……次郎、いいな」

鋭い目が優しく細められ、甘く名を呼ばれて唇を塞がれた。なんだかすごく自分の名前がいい名前のような気がした。

「……んっ、ん……」

頬を首を指で撫でられまくり、なかなか唇を離してもらえない。顔といわず全身が熱くなって、ついには舌まで侵入してきて、次郎は呼吸困難になる。苦しくて胸を打てば、やっと唇が離れた。心臓がバクバクいって、唇が閉じられない。

「鼻で息をしろ。そういえば、接吻は教えなかったか」

信之介は次郎の口の端に零れた唾液《だえき》を指で拭ってやる。

「し、しなくていいって言った。したけど……」

恥ずかしくて目を逸らした次郎を優しい目が見つめる。

「あの時はむかついたんだ。嫉妬したんだよ、おまえが幼馴染みを大切そうに言うから」

「孝蔵に、嫉妬？」

「ああ。今、おまえが名前を口にしただけでモヤッとした。俺は存外、嫉妬深いらしい。おまえ本当にその幼馴染みとはなにもないんだよな？」

優しかった瞳に、不穏な光が宿る。

「ないよ！　俺は剣一筋だったんだ。色恋に現を抜かすなんて、そんなのはたるんでるって思ってたし、強くなることしか考えてなかった」

「本当、おまえが剣術馬鹿でよかったよ。次郎でよかった」

「なんだよ、次郎でよかったって。馬鹿にしてるだろ⁉」

食ってかかれば頬を包まれ、また口づけられる。今度は短く、唇はすぐに離れたが、額をつけて目を覗き込まれる。

「馬鹿にしてるんじゃない。恋してるんだ、真っ直ぐ一筋に生きてきた次郎という男に」

「はあ⁉　こ、恋って……なに言って……」

これ以上ないほど真っ赤になってうつむいた。信之介の口から恋とか惚れたとか、そういう甘ったるい言葉が出てくるとは思わなかった。どうしていいのかわからず後ろにずり下がろうとすれば、腰を引き寄せられ、押し倒されて、組み敷かれた。

そしてまた口づけられる。何度も。

「やり方、わかってきたか？」

問われて、目を閉じたままうなずいた。

「じゃあこのまま……最後まで教えてやるよ」

「え？　今から？」

「ゆっくり時間をかけてと言ってやりたいが、そうはいかない俺の事情がある」

「事情？　なにか急ぐの？　仕事で不在になる、とか？」

わからないなりに考えを巡らせる。

「違う。こういう事情だ」

信之介は次郎の手を取り、己の股間《こかん》に導いた。袴の中に隠れていた熱いものに触れて、次郎はハッと手を離し、信之介の顔をマジマジと見る。

「嫌か？」

本気で嫌だと言えば、きっと引いてくれる。そう思ったが、そう思うからこそ嫌だとは言えなかった。

「信さんのしたいようにしていいよ」

「それは……俺に買われたと思っているからか？　嫌なら嫌だと言っていいんだぞ？」

「嫌、じゃ……ないよ。最後まで教えてって、俺、言っただろ」

「それは他の男に抱かれる前に知っておきたいから、だったんだろう？」

「違うよ！　俺は……男に抱かれるのなんて嫌だ、本当は金のためでも嫌だってずっと思ってた。でも、信さんならいいって……信さんとならしたいって思ったんだ。特別なそういうのがあったら、他の男に抱かれても自分でいられるような……なんかそんな気がしたんだ」

信之介の眉間に深い皺《しわ》が刻まれた。歯を食いしばるような表情に、なにか怒らせたのかと心配になる。

信之介の口から、うぅ……と唸《うな》るような声が聞こえた。

「これ以上煽《あお》るな。盛りのついた獣《けもの》みたいになっちまう。……優しくしたいんだ、最初くらい」

「いいよ、俺はそんなに柔《やわ》じゃないから。獣でも、信さんならいいよ」

「おまえ……そんだけ煽って、寝るなよ。今日は寝ても襲うぞ」

「え、あ、昨夜は……ごめんなさい」

それに関しては謝るしかない。しゅんとうつむけば、首筋に熱い息を感じた。

「もう、限界だ。生意気と可愛いが表裏一体だなんて……全部俺のなんて、生きるってのは素晴らしいな」

笑った吐息、柔らかく湿った感触。首筋の薄い皮膚を吸い上げられて、ビクッと反応する。

「あ……」

反対の首筋を手のひらで撫でられ、襟を押し広げられた。指先がうなじから背筋へ。薄い肩が露になる。

白い肩先に口づけが落ちた。腰を持ち上げられ、帯を解かれる。締め上げていたものが緩められると、途端に身体から力が抜け落ち、同時に心まで解放される気がした。

「信さん……信さんっ」

溢れ出す心のまま、その逞《たくま》しい身体にぎゅっと抱きつく。

嬉しい。抱きしめられることが。その胸に頬を擦《す》りつけられることが。

「次郎……」

抱きつかれて何もできなくなった信之介の手が、次郎の髪を優しく撫で、髷を束ねていた紐を解いた。後ろでひとつにまとめて馬の尾のように垂らした髪型は、出会った頃の次郎を彷彿《ほうふつ》とさせる。

その頃より長くなった黒髪は解かれて広がって波打ち、色気を演出した。

「可愛いとか色っぽいとか……本当、困る」

信之介は袖を抜いて襟を開け、気っぷよく諸肌《もろはだ》を脱いだ。

胸板が露になって、それを見るとなぜか急に恥ずかしくなる。

「どうした？　抱きつかないのか？」

「あ、うん、いや……いいや」

不自然に目を逸らす。その先に火傷痕があった。斬られた傷もすでに塞がって傷跡になっている。次郎はそこに手を伸ばし、指でなぞって唇で触れた。

「おまえは……。手練手管などいらぬな」

信之介はつぶやき、次郎の鎖骨《さこつ》に唇を落とし、襟の合わせをさらに大きく広げた。露になった胸板は、信之介よりはるかに薄く細い。

「し、信さんのと比べんなよ。俺はまだ……これからなんだから」

「今もきれいだ。細いけどきれいに筋肉がついて……女っぽさはないのに、そそられる。きっと売れっ子になっただろうな。……もっとも、もう誰にも触らせねえが」

信之介は細い身体を抱きしめ、胸の薄紅色に色付いた部分に吸い付いた。吸い上げられて、尖った先端を舐められ、次郎は背をのけぞらせる。

「んっ、や、あぁ……」

自然に声が漏れた。

衣擦れの音と虫の声。廓ではこんなに静かな中に声が響くことはなかった。どこかしらから誰かの声が聞こえ、時に喘《あえ》ぎ声で競い合う。本当に感じている声もあれば、明らかな演技もあった。

そこかしこから声が聞こえる環境にいたせいで、他人の声には耐性がついたが、自分の声だけが響くのは居たたまれなくて逃げ出したくなる。

でももちろん、逃げるなんてもったいないことはしない。

惚れた相手と結ばれるなんてそんな幸せ、滅多《めった》にあることではないのだ。遊女は元より、武士だって意中の相手と結ばれることはなかなかない。身分の差は性別と同じくらい崩されざる砦《とりで》だった。

信之介は次郎の戸惑いなど意に介す様子もなく、反対の胸の粒を舐めて声を上げさせる。

「ひゃ、あ、あぁ……」

脚を大きく開かされ、腿《もも》の内側を撫でられれば、ふるっと身体が震えた。

「ん、ん……あ、ちょっ……」

膝を閉じようとしたが、間にある信之介の腰に阻止された。手から逃れるように身を捩《よじ》ってしまうのは、逃げようとしてのことではない。身体が勝手に動いてしまうのだ。

「あ、もう……やだっ」

身体がジンジンする感覚を思い出した。ゾクゾクして、たまらない。

「変わらず敏感で……大変だな」

面白そうに見ている信之介を睨みつける。

「教えただろう、おまえのそういう顔は男をそそると」

「そ、そんなこと……」

「覚えていないか」

信之介の顔は優しかったが、出来の悪さに呆れているのではと、必死に記憶の底をさらってみる。が、思い出せない。

「お、覚えてる。感じすぎだって……だから、俺から先にすればいいって言われた」

覚えていることを言ってみた。そして、実践しようとする。

信之介の胸に向かって手を伸ばせば、その手を摑まれた。

「俺にならいくら感じてもいい。感じるまま喘いで乱れればいい。俺はおまえの客じゃねえからな。俺が教えたことなんて、全部忘れろ」

「嫌、だ」

「ん？」

拒否すれば信之介が険しい顔になった。素直な方が愛される、と教えられたことを遅ればせながら思い出す。

「だって、俺はメロメロにしたいんだ、信さんを」

信之介が教えてくれた技は、信之介に効くはず。忘れてしまったことも思い出したいくらいだ。

「だったらやっぱり、忘れていい。おまえがおまえのままいれば、俺はメロメロだ。素のままのおまえが、一番効く」

信之介は笑った。そして口づける。何度も口づけながら胸を弄《いじ》り、太腿を撫で、次郎をメロメロにする。そして手は中央に、まずは叢《くさむら》の手触りを楽しむように撫でる。

「ん、んっ……」

ふぐりを柔らかく揉《も》まれて、口づけで塞がれている口からも声が漏れた。

「次郎……ひとつだけ。これは忘れるな」

間近に黒い瞳がじっと自分を見つめる。魅入られたように見つめ返してうなずいた。

「俺以外の誰にも、触らせるな。絶対に」

真剣に言われて、次郎はフッと笑った。

「なんだ、そんなことか」

「そんなこと、じゃねえよ。すごく大事なことだ」

「だって、触らせるわけないよ。俺は信さんだけだ、絶対」

自信満々で答える。他の誰かなんてありえない。疑われるのは心外だ。

「次郎……そうか、そうだな、つまらねえこと言って悪かった」

「うん。だからもっといっぱい教えて。信さんを全部教えて」

「おまえには、降参だ」

信之介の手が、次郎の一番感じるところを摑んだ。ビクッと硬くなった身体を解すように、そこを優しく撫でさする。

「ひ、ん……ん、んンッ……」

触れられただけで泣きそうになった。信之介の手が自分のものを撫でている。感じる以上に感動していた。これは奇跡のようなことなのだ。

信之介は将軍家の人間。自分の腕には廓にいた印がある。身分の差があって、男同士で、本当なら出会うことさえなかったはずで……。

好きになってもらえた奇跡。こうして抱き合えるのも奇跡。凄いことだと思えば思うほど、手放したくなくて、嫌われたくなくて、身体は強張《こわば》っていく。

「次郎……ガチガチになるな。俺に、全部預けろ」

「信さん……」

目を開ければ、目が合った。

「俺に身を委《ゆだ》ねるのは、不安か？」

口づけるような近さで問われ、慌てて首を横に振る。

「そんなことない。ただ……俺が変でも嫌いにならない？」

上目使いに問いかければ、信之介は笑った。

「今さら。おまえはずっと変だ。廓に売られてきた奴でおまえみたいなのは見たことがない。

俺は、変なおまえに惚れたんだ」

「なに、それ……」

むっと口を尖らせる。でも、気は楽になった。

「じゃあいいや。なにをしてもいいよ」

「では遠慮なく」

信之介は笑顔で、次郎の股間のものを再び手にして扱《しご》く。先端から零れる涙を拭い、擦《こす》りつけ、音をさせながら育てる。子供だったものがどんどん大人《おとな》になっていく。

「あ、……信さ……信さんっ」

抱きついて、無意識にその背に爪《つめ》を立てていた。

「いいぞ、次郎……なんも考えるな」

「あ、やっ、いい……気持ちい……」

陶酔の表情で譫言《うわごと》のように言う。自制する気持ちがなくなると、ただひたすら気持ちよくなって、もっともっとと貪欲《どんよく》に腰が揺れた。

どうするのが正しいのかはわからないけれど、ただ夢中で出口と思しき方向へと走る。

着物の前ははだけ、片袖だけを通した状態で信之介を抱きしめる。中途半端な格好を気にする余裕なんてなかった。

「ん、もう駄目……あ、信さん、だめ、出る……出るよぅ」

「いいぞ」

胸の粒を舐められて、ビクッと背をのけぞらせると同時に、前からビュッとなにかが出た。前にも信之介の手に出した、あれだろう。

気持ちよさは一瞬。何度も出るのが恥ずかしくて、申し訳なくて、止めようとするけど止まらない。

「あ、……ごめ……」

「謝るな。悪いことではない。むしろ嬉しい」

そういわれてホッとする。

「おまえは本当、可愛くて……俺が悪い大人になった気分になる」

「信さんは悪くないよ、なにも」

「まあ……これからするけどな、悪いこと」

信之介は袴の紐を緩め、腰に引っかかっていた着物を抜き取り、股間を露にした。そこには自分のものと同じとは思えない、育ちきった大筒があった。

「信さん、悪いことってあの……」

「前に広げてからだいぶ経ったから、もうやり方も忘れただろう。また一から教えてやる」

やっぱり、この天を衝く大筒を入れるつもりらしい。前に入れたのは指だ。指四本でもこれには敵《かな》うまい。

じりじりと後ずさるのを、足首を摑んで引き戻される。

「逃がしてはやれん。ここは諦めろ」

ニヤッと笑った顔は野性味を帯びて格好良かった。

「に、逃げたんじゃないよ。それ、舐めてやろうか？」

挑むように言う。腰が引ければ、倒せる敵も倒せぬ。まして信之介は敵ではない。

「それも魅力的だが、今日は無理だな。暴発する。次郎……おまえの中で、いきたい」

「な、中？　……わかった。元々、それを生業《なりわい》にするはずだったんだし。できないわけがない」

なるべくそこを見ないようにして、おずおずと脚を開く。信之介は四つん這いよりこっちが好きだ、と言っていたことは覚えていた。

「そう言われると、複雑な気持ちになるが……今日はどうしても繋がらずに終わらせることができそうにない。悪いな」

次郎は首を横に振る。

「いいよ、来て」

呼吸を深くして、じっと待つ。信之介の指がそこに触れると、きゅっと力が入った。それは反射的なもので、なんとか緩めようと試みるが、難しい。

「次郎、焦るな。大丈夫、ちゃんと解《ほぐ》してやるから」

言葉は優しかったが、なぜかむっとした。なんだろうと考えて、思い当たる。

「信さんは、慣れてるんだもんな。松葉は俺ほど手がかからなかっただろう？」

信之介の自信は経験の豊富さによるもの。そう気づいて、嫉妬したのだ。

「己の素行について申し開きをするつもりはないが、とりあえず、松葉とはしていない、ということだけは言っておく」

「え？　そうなの？　だって松葉……」

したように匂わせていただけか。松葉ならそういうこともやりそうだ。

「指導はした。女将には世話になっていたから、頼まれて、承諾した。でもおまえの時だって、俺は自分のは入れていないだろう」

「べ、別に入れてたっていいんだけど」

「いいのか？」

問い返されると、胸がモヤッとした。よくない。まったくよくない。

「これからは俺だけだって約束してくれるなら」

「ああ、おまえだけだ、次郎」

子供を宥《なだ》めるような言い方は気に入らなかったが、信之介が約束を違《たが》えることはないだろう。信じることに不安はなかった。

口づけられ、舌を絡《から》まされて必死で応える。尻を揉まれることには特になにも感じなかったが、襞《ひだ》を広げられればやはり力が入ってしまう。

それでも信之介は焦らず辛抱強く解した。指が一本ずつ増やされて、丁寧さにこちらが申し訳なくなるほど。

「もう、いいよ」

耐えきれずに申し出れば、もう少しだな、と返される。信之介がそう言うのなら、そうなのだろう。耐えるしかない。

「ん……んっ、や、前は触らないで」

「なぜ?」

「え、だって……だって、あ、あっ……わかんなくなる、からっ」

「わからなくなった方がいい。考えるな、感じてろ」

「あ、やっ……信さん、ん、擦るの、気持ちい……かも」

腰を揺らしながら口にしていた。

違和感と痛みばかりだったところに、もぞもぞとした感覚が宿る。もっと強く擦られた方が気持ちいいかもしれない。そう思える場所がある。

「ここ？」

「あんっ！　そこ、駄目っ……」

尻を振って指から逃れようとする。強く押されたら、思った以上に強烈な電気が走った。

「あああっ」

あられもない声が出た。

「わかった。そのまま、力は抜いてろよ」

持ち上げられた両足が、月明かりに白く浮かび上がる。その間に信之介の真剣な顔。いつだったかの、返り血を浴びた信之介を思い出した。野性味を帯びた表情は、獲物を狩る獣のごとき。獲物になるのなんてまっぴらごめんなのだが、この男に狩られるのなら本望……そう思ってしまう。

熱いものが押し当てられ、グイッと入ってきて、思わず締める。

「次郎……」

苦しげな声に焦る。しかし信之介の手が再び前を擦り始めて、意識がそちらに持っていかれれば、自然に力が抜けた。

「ん、ん……あ、あ、信さんが……あ、入って……」

中に、奥に、入ってくる。異なる熱を自分の中に受け入れるのは、すごく特別なことのような気がした。

ゾクゾクと身を震わせながら、その熱を根元まで受け入れる。

「次郎、これでおまえは俺のだ。俺だけのものだ」

奥まで侵略して、信之介はそう断じた。

「ん、いいよ……それでいい。俺は、信さんの……」

荷物なんて持ちたがらなそうな男が、自ら進んで所有権を主張する。独占しようとする。それが嬉しい。

もっとちゃんと繋がっていることを感じたかったのだけど、後ろも前も擦られると、わけがわからなくなった。痛いのか快いのかもよくわからない。ただ信之介を感じる。熱くて熱くて溶けそうなほどの熱を感じる。

「あ、あ、あっ、ん、また出そ……前は、やめて」

「いいぞ、一緒に出そうか」

「一緒……?」

その提案はひどく甘美なものに聞こえた。

「ん、一緒がいい、一緒……」

甘ったれた声を出して、潤《うる》んだ目で訴える。

「本当、魔性というか……そんなの落ちない男なんていねえぞ。……間に合ってよかった」

信之介のつぶやきは次郎の耳には届かなかった。それどころではなかった。

前を擦られながら、胸まで吸われて、きゅうきゅうと後ろを締め付ける。そこを深く抉《えぐ》られれば、あられもない声が口を突いて出た。

「信さ……も、わかんな……あ、あ、だめ、駄目っ――」

次郎の足の爪先が丸くなり、空を掻く。

「中に……出すぞ、次郎……っ」

「うん……あ、あ、ああ――っ！」

深く激しく穿《うが》たれて、次郎は自分のものか信之介のものかわからない、ビュッビュッと放たれる音を聞いた。

しかし実際には音ではなく、外に出したものか、中に出されたものか、その勢いを感じただけだった。それはたぶん、ほぼ同時に。

はあはあと荒い息づかいが静かな部屋に響く。

「一緒にいけたな」

信之介に言われて、まるで褒められたような気分になった。

「やっぱり俺、天才かも」

すぐに調子に乗る。

「俺の指導がいいんだろ？」

信之介は笑って次郎の身体をぎゅっと抱きしめると、仰向けに寝転がった。次郎は湿った胸板に頬を寄せ、目を閉じる。

信之介の心音は、次郎にとっては子守歌だ。

「おい、また寝るのか？」

「ん……好き、信さん……」

それはすでに寝言の範疇《はんちゅう》だったが、意識はあった。狭間《はざま》だからこそ素直に口に出せる言葉。

「また……煽るだけか？　おまえは……。まあいい。おやすみ」

信之介のその声を聞いた途端、次郎は安心して深い眠りに落ちた。

終

カンカンと硬い木がぶつかり合う音が、朝もやの庭に響く。

「いつになったら真剣を使わせてくれるの？」

初めての日からすでに一週間、朝の習慣となりつつある組太刀《くみだち》が終わり、次郎は不満も露に言った。

「まだだな」

「まだまだって、どうなったらいいわけ？」

「そうだな、俺から五本に一本取れるくらいになったら、かな」

今はまだ、十本で一本取れればいいくらいだ。

「じゃああと五本！」

本気で挑むのだが、どうしても取れない。躱《かわ》されて、臑《すね》に一撃。

「くっそ……」

信之介は組太刀の時にはまったく手加減をしない。それはもちろん次郎のためだ。

血判状に名を連ねていた者たちは全員処断されたが、取り潰しになった家の家臣には、恨《うら》みに思っている者も多い。その中には調べて信之介に辿り着く者もいるかもしれない。信之介と一緒にいれば、次郎にも危害が及ぶ可能性はある。

離れるという決断をしないのなら、次郎が強くなるしかない。

「でもさ、真剣の稽古も平行してやった方がいいと思う」

諦めきれずに食い下がる。

次郎は髪を短くした。といっても、元に戻したくらいだ。信之介と大差ない髪型なのに、雰囲気はまるで違う。黒い野武士と白い少年剣士。

信之介は目を細くして少年剣士を見つめる。可愛くて仕方ないという顔。

「時期尚早」

それが次郎は不満だった。一人前に見てほしい。

「わかった。じゃあ脇坂様に頼んでみる」

「は？　なに言って」

「筋がいいって褒められたから、きっとやらせてくれると思うんだよね」

「筋がいいって、いつ打ち合ったんだ？」

信之介の視線が尖る。言えば怒るだろうとは思っていた。言う機会をずっと窺っていたのだ。

「昨日。信さんがいないところを見計らったように、春さんと一緒にやってきたよ」

「は、春さんだと⁉」

信之介がますます険しい顔になって、内心では少し恐れ、大いに面白がっていた。

「俺だって畏れ多いとは思うけど、そう呼べって言われちゃったから」

「そんなのは俺への嫌がらせだろう⁉　言うこと聞いてんじゃねえ」

「そうでも、上様に命じられたら、従うしかないでしょ。庶民は」

「……なんの話をしたんだ？」

「上様の隠密に……御庭番にならないかって誘われた」

「はあ⁉　あの野郎、勝手になにを！　……断ったよな？」

「え、なんで？　二つ返事で受けたよ。基本の仕事はお城の庭掃除と警備らしいんだけど、密命を受けて悪を暴くなんて格好いいじゃん。剣の腕も活かせるし、世のため人のためにもなるし。俺はやりたい」

春長に話を持ちかけられて、胸が躍った。わくわくした。信之介が反対するだろうことはわかっていたけど、断ろうという気にはまったくならなかった。

「格好いいって、危険なんだぞ⁉　死ぬような目に、すでに遭っただろうが」

「すでにそんな目に遭っていてもしたいんだよ。俺、前に言ったよね、戦国乱世に生まれたかったって。信さんは嫌々やってるのかもしれないけど、俺みたいな町人の子にとっては夢みたいな話なんだ。そういえば、信之介が反対するなら他の住居を用意してやるって、春さんに言われたんだけど……」

「くそ、なんだそれ。次郎、俺と別れてでもしたいってことか？」

「え、別れなきゃ駄目なの？　俺、信さんといたいし、御庭番もしたい。絶対どっちか選ばないと駄目？」

欲張りでも贅沢でも、できるならどっちも欲しい。最後の最後にはきっと信之介を選ぶことはわかっているけれど。

「いや、それは……。あのくそ野郎め。やっぱり血判組に荷担しとけばよかったか。いや、今からでも……」

「春さんが死んだら信さんが将軍様なんだよね？　将軍は世継ぎを作らないとならないから、毎日女と……って、これも春さんが言ってたんだけど」

想像しただけで悲しくなる。信之介が今そばにいてくれるのは、将軍の弟だと公表されていない気楽な身分だからだ。責務を背負うことになれば信之介はきっと逃げない。次郎としても逃げてほしくないが、そうなれば、俺だけ見て、なんてことは言っていられなくなる。

「あいつはただ女好きなだけだ。……死なない程度に闇討ちするか。次郎……刀を取ってこい。押し入れに入ってる」

次郎の沈んだ顔が一気に明るくなった。花が咲いたように。

「信さん！　やっぱ好き！　大好き！」

抱きついて次郎から口づける。信之介は苦笑して、濃厚な舌技でもってそれに応えた。

「しょうがない。どんな絶望的な状況でも夢を諦めない次郎に惚れたんだ。俺が諦めさせるわけにはいかねえよな。援護してやる。おまえは俺が生かす」

「ありがとう、信さん」

未来が開いていていても閉じていても、夢を諦める理由にはならない。今できる最善を尽くして、それでもどうしても摑めなかったら、きっと諦められる。

次郎の兄は呉服問屋存続の夢を諦め、母と饅頭屋を始めていた。新たな住居を信之介が調べてくれて、二人で訪ねてきた。

複雑な事情は話さず、信之介に身請けされたので一緒に暮らす、と直截《ちょくせつ》に告げた。当然ながら驚き困惑していたが、次郎の笑顔を見て、おまえが幸せなら……と、認めてくれた。

姉は、次郎が出てくるまで嫁《とつ》がないと言い張っていたらしく、一番喜んだのは許嫁《いいなずけ》の男かもしれない。

物事は思い通りには進まないけれど、転がっていく先に悪いことばかりがあるわけではない。饅頭屋は順調で、母も元気を取り戻していた。父も帰ってくると信じて待っている。

次郎は浮き浮きと押し入れから刀を持ち出してきた。

真剣の持つ緊張感は木刀の比ではない。構えれば浮かれ気分は消え、信之介の顔からも先程までの甘さはきれいに消え去った。

その冴え冴えとした顔が次郎はなにより好きだった。ピンと張った気。まるで隙がない。尊敬と憧れを抱く相手に抱きしめられる幸せ。

まずは基本の刀使いなどを教わり、縁側に二人並んで一息つく。空は青い。集中から解放された心地よい疲労感があった。

「やっぱ松葉ってすげえな」

次郎がボソッと言えば、信之介は敏感に反応する。

「松葉？」

「俺さ、詳しいことはなにも書かずに、人に許しを乞う時はどうすればいいかって訊いてみたんだ。そしたら、おんしなら甘えれば楽勝でありんすって」

「甘えれば楽勝……。おまえ、いつの間に松葉と文なんか交わしてたんだ」

「近況とか書いて送ったら、あいつ筆まめで。文もうまいし、返事早いし。さすが太夫だよな。あいつと勝負できなかったのはちょっと残念かも……って、どうしたの？　信さん」

信之介は深く皺を刻んだ眉間を指で押さえ、うつむいていた。

「いや。まあいい。いろいろと思うところはあるが……。いかなる時、いかなる状況でも、未来には必ず希望がある。だよな？」

信之介は己の中の憂いを振り払うように言った。

「当然」

次郎は特上の笑顔で応える。

遊廓の中でも、火の海の中でも、流刑地であっても、きっとどこかに小さな希望はある。

見つけることは困難かもしれないけれど、諦めずに戦い続ければきっといつか……。

信じて疑わない次郎の笑顔に、信之介はつられて笑った。

あとがき

時は平成。葉隠れの国の片隅に、しがない物書きがおりました。

物書きはふと「頑張って稼ぐ花魁の話が書いてみたいでありんす」と呟いた。それを聞いた版元が「おう、そりゃいいじゃねえか、書きねえ」と思いもかけず乗ってきて、「いや、わっちのような物知らずは書くのに時間がかかるので……」と後込みすると、「てやんでい。やってやれねえことがあるかいっ」と尻を叩き、すぐに調子に乗る物書きも「そ、そうでありんすかぁ？」などと、うかうか乗っかりましたとさ。

とまあこれが、『花魁道中　天下御免』という話が生まれたいきさつなのでございます。

物書きは何度か、三途の川の向こうで手招きする先祖を見たとか見ないとか……。

こう書くと版元が悪のようでございますが、実のところは慈悲深く忍耐強い菩薩のごときお方、花魁ぶっている物書きこそが、罪のないいろんな方を島流しの強制労働に巻き込む、懲りない極悪人なのでございます。「市中引き回しの上、打ち首獄門に処す」とお奉行に申し渡されても、甘んじて受け入れるしかない身の上……。

……とかなんとか。この話を書いている間中、ずっと江戸かぶれになっておりました李丘那岐です。ハロー、エブリワン。ハウアーユー？（反動）

あくまでも「かぶれ」ですので、いろいろ怪しいです。内容が虚実ごっちゃ混ぜのごった煮になっているのは、もちろんわざとです！　私はここで高らかに「ＢＬファンタジー」という魔法の言葉を唱えたいと思います。

江戸時代に生きてた人なんてもういないわけで、もしかしたらこんなこともあったかもしれないじゃないですか。あ、違う。これは江戸の話ではありませんっ。カバーのコメントにもそう書いたんだった。

このお話はフィクションです。時代がかった妄想でございます。

強く言わなくても読めばわかるとは思いますが……。

時代考証は早々に投げ捨てましたが、外来語は一応使わずに書こうと頑張りました。しかし、現代では日本語に組み込まれちゃってるんですね。言い換えると漂う「なんか違う感」に苦悩いたしました。センスとか、ファッションとか、デリカシーとか、テンションとか……他にもあった気がするけど、とにかくなんか違う。微妙にニュアンスが……。たぶん読んでいたら「ああここかな」とわかると思います。中途半端に頑張ってみた結果です。

似非とはいえ、江戸をいろいろと調べまして、やっぱり面白い時代ですね。摩訶不思議。規律やしきたりは今よりも断然厳しいのに、人々はあっけらかんと自由。庶民の命の軽さは今の比ではないのに、生き生きして元気。遊女がファッションリーダーだったり、外でも平気でやっちゃったり。若衆歌舞伎が艶っぽくて風紀を乱すから禁止って、なんだそりゃですよ。行ってみたいな、江戸の国です。

とはいえ、その中でも遊廓は苦界といわれ、悲愴感と閉塞感が漂う場所のはずなんですが……なんかこう、天下御免！　的な話になってしまいました。

もっとしっとりと、悲しみの中でも負けずに頑張って稼ぐ花魁を書こうと思っていたのに、しっとりがどこかに行って、頑張るチャンバラ新造の話になってしまいました。思い浮かぶのは、時代活劇とか、捕物帖とか、○○坊将軍とか、そんなのばかり。なので、タイトルもこんなことに。雰囲気こんなですかね……と半笑いで言ったタイトル案が採用されて、いささかビビッております。

しかしながら、角田緑先生の可愛くも凛々しいイラストを見て、私は「書いてよかったー」と思ったのですが、またしても……多大なるご迷惑を……お掛けしてしまいました。

平伏土下座でございます。角田先生には以前にもご迷惑をお掛けしまして、その時に描いていただいたのが、いつも半裸の死神。そして今度は時代物。着物とか髷とか、もうなんというか、二重三重に首を絞める感じで本当にすみませんでした。

なのにイラストは今回も「さすが！」の一言。次郎が可愛くて涙。信さんが格好よくて溜息。ありがとうございます。デザイナー様のご尽力もあって、拙著を可愛らしくカバーしていただきました。もったいなき幸せ。かたじけない。

刀とか剣術とかの本は前々から趣味で集めていて、活かせて嬉しかったし楽しかったです。

流派はいろんなところから文字をいただいてつけましたが、もし同じ名前があっても「実在のものとは一切関係ありません」です。

今回もいろんな方にご迷惑をお掛けして、面目次第もございません。深く頭を垂れると共に、心から感謝申し上げます。

時代物というハードル……障害を乗り越えて読んでくださったあなたにも、心からの感謝を。ありがとうございました。

しばらく時代物はないと思いますが、楽しかったのでまた書きたいと思っております。感想などお寄せいただければ、きっとあなたを悦ばせる手練手管となって還元される……はずです。そうなるよう精進いたしますので、どうぞよろしくお願いいたします。

それではまた、ＢＬファンタジー（男色空想物語）でお会いしましょう。

二〇一四年　火鉢恋しい立春間近の丑三つ時に……

李丘那岐

✦初出　花魁道中 天下御免……………書き下ろし

李丘那岐先生、角田緑先生へのお便り、本作品に関するご意見、ご感想などは
〒151-0051 東京都渋谷区千駄ヶ谷 4-9-7
幻冬舎コミックス　ルチル文庫「花魁道中 天下御免」係まで。

幻冬舎ルチル文庫

花魁道中 天下御免

2014年2月20日　第1刷発行

✦著者　李丘那岐　りおか なぎ

✦発行人　伊藤嘉彦

✦発行元　株式会社 幻冬舎コミックス
〒151-0051 東京都渋谷区千駄ヶ谷 4-9-7
電話 03(5411)6431 [編集]

✦発売元　株式会社 幻冬舎
〒151-0051 東京都渋谷区千駄ヶ谷 4-9-7
電話 03(5411)6222 [営業]
振替 00120-8-767643

✦印刷・製本所　中央精版印刷株式会社

✦検印廃止

ISBN978-4-344-83062-2　C0193　Printed in Japan